U0501427

飘落的星光

贾国江 著

长江出版传媒

长江文艺出版社

修辞立其诚

王 戈

　　曾有乡贤戏言，新民大山是块风水宝地，山上出了个作家，山下出了个诗人。作家说的是本人，诗人说的是贾国江。山高坡陡，直线距离也就二三里，二十世纪四十年代两地同属泰安乡，乡政府就在他家所在柴家河，是我小时候经常光顾的地方，因此可谓地道的老乡。但因年龄差距，我俩初识竟在二十世纪八十年代中期，我在西安一所大学任教，他进陕西师范大学读书。其时我因一篇小说获奖颇有点名气，访客盈门，他也慕名登门造访。我与一般文学爱好者只谈文学，与他则多了一层，叙乡情说往事，情深意长，遂建立起真诚的信任与友情。岁月无情，他毕业后虽有联系但并未见面。三十年后我已是年近八旬的耄耋老人，长住北京，2019 年夏天，有幸在中国西部画院与他久别重逢。他来京出公差，交谈中始知他出任定西师专校长兼甘肃中医药大学副校长，并且，已出版两大部诗集《流动的梦影》《不眠的思绪》。经历不同，职业爱好相似，而他的业绩更为显著，青出于蓝，后生可畏，不由得增添了对他的敬重。随后我应邀赴该校做了一次文学讲座，对他的诗歌创作和教育业绩做了简短的评价，同学们以热烈的掌声表示认可。

近日，贾国江寄来他的散文集《飘落的星光》书稿，要我读一读并写个序，自知学疏才浅，但盛情难却只好应允。读着读着，便想起"修辞立其诚"这一古典美学观点，恰可概括该作的主旨。语出《周易·文言》，原文为"子曰，君子进德修业。忠信所以进德也，修辞立其诚，所以居业也"。大意是，君子致力于培育品德增进学业。以忠信来培养品德，以修辞来建立诚信，这是操持自己事业的立足点。《辞海》对"诚"字的基本释义是"真心实意"，由此衍生出诚实、诚信、诚恳、诚意、诚挚等美好的词。通读《飘落的星光》书稿，感觉作者笔下，篇篇贯穿着"修辞立其诚"：诚实为文，诚信处事，诚恳待人，诚意建言，诚挚交友……概言之，是以"诚心"建立自己的人格修养和学业水平，以"诚心"抒写对人生意义的感悟与思考。

该书中最感人最具文学价值的是"童年趣事"和"怀念追忆"两辑，计21篇，篇篇都有厚重的历史感，浓郁的乡土气，亲切的人情味。贾国江是以写诗出道的，他的散文里却全无诗意的夸张与矫情、朦胧与空灵，而是用质朴的语言、白描的手法，描绘出一幅幅乡土画卷、人文气息。乡土文化是民族文化的基石，如同历史长卷是由一个个历史细节构建的一样，华夏民族的文化宝库也是由一个个乡土文化的细节汇集而成的。在当下的文化语境中，作者的可贵之处在于坚守：坚守以乡情写乡情，以乡音写乡音，以诚心记人事。阅读这些篇章，心中便有了"少小离家老大回"的感慨。人过耆年，青春不再，"弃我去者昨日之日不可留"，回忆往事便成为生命的必修课。他笔端描绘的那些地方山水、生活细节、文化娱乐活动以至方言土语都能勾起我对童年生活的回顾与遐想。二娘娘庙旁的那股山泉水，是我每次上山前必须要饮一气的；他援引的那些秧歌小曲，有些是我会唱也演唱过的；他小时候卖过杏子，我小时候到他们庄子里打过麦黄杏；他细致描绘的洋芋"熘锅锅"是我小时候放羊常做的野餐美味，来京后有朋友发过视频馋得流口水，但直到读此文才知道"熘"字怎么写。读书要读出味儿，宏大叙事是一种味儿，深奥哲理是一种味儿，这两种味儿在本书中似乎都欠缺，但有原汁原味的乡土味儿，这是我看好本书的第一点。

第二点，也是最看重的，则是对亲情情感的真诚记述。文学是人学，是抒写人的生命与情感的表达形式。人类的情感中最珍贵的是亲情，亲情中最珍贵的当是父母之情，养育之恩。诚如作者所言："岁月的利刃永远割不断父母与子女之间的那份骨肉亲情!"我曾在讲学中多次讲过，青年学生常常讲"爱"，爱这爱那都没错，但首先要爱父母。一个连自己的父母都不爱的人，谈别的爱都是口是心非。想起一桩趣事，曾在陕西法门寺向霍松林老前辈讨教周原出土文物"鼎"，问为什么是三足，而且是椭圆形状，老先生呵呵一笑，说三足鼎立求其稳。鼎是用来装吃食的，女人吃饱了奶小孩，你是娘养的，古人就懂这个道理。怀念父母谓之情，感恩父母谓之孝，尤其到父母驾鹤西去离开人世之后，每每念及，尽管你可能做得不错，但总感到有对不起父母未能尽孝之处，这其实是真情真爱的表露。作者笔下的父母，仍然不失为传统意义上的"严父慈母"。他通过大量的生活细节的详尽描述，把父母的人生道路、个性气质、为人处世的方式方法和原则，活脱脱展示出来，读后令人感到真实、真诚、可信。父亲当过兵，入了党，有工作，酷爱打猎，能自造土枪子弹且百发百中，性格刚烈，脾气暴躁，经常动粗，对子女疼爱却说话不多，一生省吃俭用，用微薄的工资养活着一大家子人，曾为挣一元钱把百多斤粮食替别人背上山，脑溢血瘫痪四年后离开人世，年仅

57岁。这样一个父亲，在儿子的笔下是"乐观得不能再乐观""能干得不能再能干""暴躁得不能再暴躁"的形象，分明就是文学作品中那种坚毅强悍、沉郁内韧、豪爽旷达的西部汉子形象。

作者的母亲是贤妻良母的典范，识字不多，含辛茹苦、勤劳俭朴、无怨无悔地操持家务，抚养子女，还兼任生产队副队长，为乡亲邻里操劳办事，赢得良好的口碑，尤其在丈夫瘫痪在床生活不能自理的四年里，子女不在身边，她默默地承受着难以承受的生活之重，悉心照料丈夫的吃喝拉撒，在诀别四年后，也因不治之症而撒手人寰，刚满花甲。作者对母亲的思念催人泪下，用血泪之笔描绘出一种伟大的母爱和圣洁的亲情。母亲病危时"只想着能在自己与母亲的血脉之间连通一根管子，让母亲孱弱的身体里流进我的血液，让母亲的心脏能重新跳动，让母亲的生命多延续一天"；母亲去世后每当扫墓祭奠之日，都要思罪悔过，为没能尽力挽救母亲的生命而抱憾自己无能和不孝，以致在母亲去世多年后还试图在别的母辈身上找回母亲的影子，但都无果。母亲"是世界上我最亲最爱的人"，在回忆母亲生前的诸多往事后，他用"母亲是智者""母亲是强者""母亲是善者""母亲是乐者"概括出母亲平凡而卓越的一生，所举实例生动逼真，感人肺腑。

除对父母亲情的记述外，书中还用许多篇幅写了乡亲邻里、同学同事、上级下级等一干人和事，也各有可圈可点之处，如《王婶》《张叔》《忆全有同学》《从一幅字想起韩正卿老人》《纱帽咀》《洮河渠》等篇，读这些看似杂乱的人事纪实，仍然能感到作者"诚实为文，诚信处事，诚恳待人，诚意建言，诚挚交友"的人品和文品。作者是出校门进校门的教育工作者，经历并不复杂但见多识广，接触过不少人，业绩建树也在教育上。出任师专校长后利用各种社会资源引水上山，建起雪峰林、邵氏林、励志林，把一个光秃秃的纱帽咀打扮成具有文化气息的风景地。引洮工程的水渠正好贯穿校园，但工程设计为暗渠，他用诗一般的语言"暗渠即是暗流涌动，明渠将是玉带缠腰"说服设计院与市政领导，将暗渠改为明渠，使校园里潺潺流水伴随青年学子的读书声。《身正学高的老师德高望重的校长》是他写师生情谊的代表作。郑长发是定西中学的数学老师，毕业于兰州大学数学系的上海人，在干旱贫瘠"苦甲天下"的定西地区任教40余年，其教学水平与师德风范闻名遐迩。作者贾国江慕名而到该校读高三，在其名下补习一年考进重点大学。四年之后郑长发已是校长，专门到人事部门去要贾国江，没要到。"世间的事往往有着不可思议的机缘和蹊跷。二十年后我被任命为定西中学校长，接替的恰恰是当年我最敬重、最钦佩的老师。"之后师徒推心置腹地促膝长谈，交接工作，"他没有当年课堂上的威严，也没有卸任校长的失落，更多的是平易、愉悦和轻松，也许是弟子接任的缘故吧，他仿佛还有一种无法掩饰的欣喜和释然"。这种新老交替中彰显的诚信和诚挚，完全没有"人走茶凉""新官不理旧账"那些陋习。新校长面临省级示范性高中创建和市级事业单位改革试点两大难题，老校长也没有袖手旁观，而是一身正气，高风亮节，担当应有的责任，树立新校长的威信，让新校长拍板定夺。改革难免触动一部分人的利益，几个不符合高中教员条件的教师不肯去初中学校任教，酒后撒泼打伤老校长，公安判定按条例罚款拘留，但老校长表现出极大的宽厚与包容，说"改革嘛，他们有情绪可以理解，你把他们拘留了，以后如何站上讲台，还是以教育为主吧"。这就是一个老教育工作者的情怀与胸襟。一年后老校长光荣退休，新校长要给老校长安排个既轻松还能挣点钱的去处，但老校长婉拒，"让我先休息一段时间再说吧"。老校长辛劳一生，确实需要休息。然而这一"休息"给新校长带来无尽的遗憾，只听说老校长把住房出租后走了，却无法得知去了哪里。

我所以用"修辞立其诚"为题写这篇序文，是想阐述一个基本观念，在内卷、躺平、焦虑、乡村空心化、亲情疏离、诚信缺失的当今读这本书，其意义并不在它的文学价值，而在于它所揭示的社会良知，呼唤着人与人之间的诚信回归。就文学写作而言，贾国江正值盛年，期待他能以此书为发端，写出更多更好的作品。

2021 年 11 月 5 日于北京寓所

目　录

辑四　添景嫁衣

辑一

童年趣事

民工窑

人到中年了，眼前的事越来越容易被淡忘，而过去的事越来越清晰。

记得几年前请一个大学教授做有关素质教育的报告，他讲："一个男孩子，小的时候没干过几次坏事，那他的童年就太苍白了。"这句话对我还是影响很大。

我想，小时候好多男孩子或多或少干过一些坏事，长大了觉得这些坏事羞于启齿而深埋心底。听教授这么一讲，令我茅塞顿开，有些做过的坏事也敢讲了，有些"坏事"过上若干年后，回味起来恰恰是一个人人生中很有趣的一页。

我的童年是在农村度过的，一同玩耍过的朋友们大多只上了个初中，上高中的就更少，上大学的就我一个。写小时候的故事，也算是对我过去的回忆、对童友们的一点思念吧。

小时候去一亲戚家有两条路，一条是大路，一条是小路。去的时候经常走大路，回的时候偶尔走走小路。走小路要绕过一条小沟，到沟口沿几个地埂边而上，左手边是深深的沟，沟里有水冲窟窿，有密密的树，有零零星星的骨头，阴森森的；右手边是窄窄的陡坡地，延伸过去的地埂上有几个东塌西落的土窑洞，黑乎乎的，就像山湾湾的鬼眼睛。

据说有一个窑洞里放着一个死去的人，这个人是个农民。一九五八年，村里大多数男人去炼钢铁了，一少部分去引洮河了。

引洮河的线路有一段经过我们村子，我们村的民工又来自外地，后来，引洮"流产"了，民工撤了。这个民工是何龄何地人，因饥因病而死，至今无人考证。死了之后就被同伴把遗体寄放在其中的一个窑洞里。当时，也许想着先寄放下，等家里人来处理，家人后来一直没来，那人遗体就一直在窑洞里。到了二十世纪六七十年代，当地人把放有民工遗体的窑洞用土封住了，而周围的其他几个窑洞洞口一直大张着。这个地方大家就叫"民工窑"。

记得八九岁时，我从亲戚家出来，走大路要经过几户人家，有两户人家的两只狗常常合起伙来咬人，很凶猛，我们都怕。走小路可以躲过此劫，也打打捷路，但每次经过沟沿，看到一边阴阴的沟，一边不远处黑黑的窑洞时，总有一种头皮麻森森的感觉。

大概又过了三四年吧，应该是我十二三岁时，民工窑附近的斜坡上被牲口踏开了一个小豁口。有一次我经过这个斜坡时，感觉很好奇，壮着胆子走过去，趴在洞口朝里望，开始什么也看不见，慢慢地看见黑黑的洞窟里隐隐约约有一个棺材，棺材下面和周围好像有一些铁锹把、洋镐把之类的东西……

我感觉到趴在陡坡上的身子与心一同"咚咚"直跳。当我轻手轻脚快速离开时，我不时地往后看，是不是有什么鬼魂出来会把我紧紧地拽走。从此，我也知道民工窑里有"死人"的传说是真的。

后来，有好长一段日子，我每每经过这里时，尽管心有余悸，但更多的是一种探险好奇，都要忍不住地看看窑洞里的棺材在不在，想象着棺材里的死人是什么样子。

又过了几个月，窑洞的豁口经风吹雨淋越来越大了。暑假的某一天晌午，我和一帮童年的伙伴踏着阳光吆喝着去庄稼地，半路正好经过民工窑这个地方。我就鼓动大家去看看。我是村里的娃娃头，一呼百应，伙伴们多，人多势众，轰轰烈烈就到了洞口。大家先是趴在洞口上争着看稀奇，看罢后又相互撑腰壮胆。我拍拍胸脯问："大家害怕不害怕?"伙伴们异口同声："不怕。"我说："咱们钻进去看看。"大家齐声附和："好!"可是，大家说归说，还是不敢进，就让我先进。我便从洞口倒立着爬了进去，一个个小伙伴跟着鱼贯而入。

七八个孩子没力气，试着扶棺材，扶不动，抽棺材下面的锹把、镐把，也抽不出来。我们拿的都是拾粪拾柴的小工具，棺材盖子也撬不起来，想看看死人也看不上……大家在窑洞里瞎折腾了好一阵，实无他法，我让每人拿起一块土疙瘩，我喊"一，二"，大家就往棺材上砸。大家对我言听计从，把土疙瘩举过头顶，等我发令。我喊"一，二"，只听见"轰轰"的声音……我突然灵机一动，大喊"鬼出来了"，一蹦子从洞里弹了出来。洞里的小伙伴吓破了胆，嘶声哇哇地乱叫，可是洞口小，只能是一个一个地往上钻，越急越挤，越挤越出不来，最后面的差点没有被吓死……

大家爬出洞后有的还在发抖，胆大的就骂他们没出息。

我知道进民工窑是大人绝对不可想象也绝对不能允许的事，就把伙伴召集到一起，说："大家到地里了不要给大人说。"大家异口同声地保证："不说!"我又威胁说："要是谁说了，我就把谁卒①死哩。"

我们便浩浩荡荡地向庄稼地开去……

远远地看见庄稼地收了好多麦子，社员们在队长也就是我妈妈的带领下，拔麦子拔得热火朝天，有的男人还唱着粗犷的山

---

① 卒：弄。

歌……

我的母亲当过生产队队长、大队妇联主任，还当过这代表那代表的。现在想起来，她天生有种组织管理能力。当了多少年的基层干部，与大家几乎没红过脸，没吵过架。贫农喜欢，富农喜欢，地主也喜欢。我母亲去世后，全村人都为她送行，有不少近邻还泣不成声。我曾写过一篇近万字的悼文，很遗憾，十六年前在母亲一年纸时，在姊妹们的悲声中，我念过以后烧掉了，这是后话。

我们一帮小子还没到地头，就有一个叫"岁碌换"的小伙伴高喊："贾家婶！贾家婶！平旦把我们领着砸民工窑的棺材去了！"贾家婶是喊我妈，平旦是我的小名。

我被"小叛徒"出卖了。我只听见母亲"啊"了一声，转身找我时，我已经几个箭步，翻过几架地埂消失了。

我去上山拾粪①的途中，内心一直忐忑不安，想着今天闯下大祸了！

中午，我把拾得满满的一背篓粪放在门洞边，给母亲"表现表现"，想让母亲看见，原谅我这个不听话的孩子。

母亲下地回家，我怕挨打，跟前不敢去。母亲十分生气地骂我："养的这孩子一个个不听话，把人气死了。我干脆把毒药喝上闹死②算了！"

听母亲这么一说，我真的被吓坏了。那个年龄，没有比失去母亲更可怕的事。整个中午，母亲出出进进做饭洗锅喂猪，我虽不敢靠近，却又寸步不敢远离，母亲的一举一动全部在我的视线中……

---

① 拾粪：把放牧时牲口的粪便拾回家，用作冬天烧火暖炕。
② 闹死：方言，毒死之意。

就在当天下午，母亲安排人把民工窑又封住了。

二十世纪八十年代早期，改革开放开始，农村实行"包产到户"政策，人们的生产方式变了，与此同时，一些"牛鬼蛇神"又悄悄抬头了。我在县城上了高中，又在省城上了大学。回到家，却听了件稀奇古怪、扑朔迷离的事。说民工窑附近有一家人，家里经常不利祥①，在二娘娘庙②上问神，二娘娘说，正是死了的那民工附了身。这家人便请来了四方有名的阴阳③，又是念经，又是诓毛鬼，与村民一同驱妖除魔。当一帮人把民工窑挖开、把棺材打开时，民工的遗体几十年竟然没化，脸上的肉还有色气……这可把大家包括阴阳都差点吓了个半死！情急之下，阴阳把烧得火红火红的铧尖插进民工的胸脯，又把烧得滚烫滚烫的一锅油泼在了死人身上，满窑洞顿时烟雾弥漫，臭气熏天……

事过不久，这家人的病也奇迹般地好了。之后的若干年，也再没有什么犯神闹鬼的事了。

今年中秋、国庆双节一起过，我没事回老家一趟。在回老家的路上，正好路过去年新上马的几处引洮工程的施工现场，现在的引洮工程与过去的最大区别是，一个打洞子一个挖山头，完全是两种技术两个理念。五十年前的引洮工程可以说是人山人海大会战，山头挖破了，植被砍光了，水没见引回来，人却死了不少。而今天的引洮工程是当地半个世纪的圆梦工程，人们拭目以待，急切期盼着……

很巧合的是，新的引洮工程也有一条线路正好经过我们的村子。

---

① 利祥：方言，不吉利的意思。
② 二娘娘庙：二娘娘是我们村的地方之神，村子的后山下有座庙叫二娘娘庙。
③ 阴阳：专门从事装神弄鬼的人。

今天，我有了点写小时候故事的念头，本来想回忆一些开心调皮捣蛋的趣事。在写这篇文章的时候，却突然想起那个五十年前的引洮民工。

经过漫长的半个世纪之后，终有一天洮河清澈之水从他身下哗哗流过时，他的灵魂能否得以安息？

2009 年 11 月 5 日

（此文先后发表于《定西日报》《甘肃日报》《中国民主同盟甘肃网》）

突！突！突！——拖拉机

几年前，我在中学工作时，有一个考入北大的学生回家，我问她学得怎么样，她说学习很紧张，她们班的同学个个都是学霸，各省市高考的尖子，比不过啊！她又说，自己学习方面比不过，但生活方面要比她们强，有一次心血来潮，与同宿舍的三个女生郊游自炊，有个同学葱都不会剥，其他两个也不知道调料怎么放，她就简简单单地表现了一手，几个同学吃得津津有味，说她做的饭比她们妈妈做的还香。我说，不见得吧，我就不相信你们的女同学葱都不会剥。她急了，说："真的啊！"又补充道，这个同学家在南方大城市，开学报到时是她父母开着"大奔"送来的。父母走后，她去洗衣服，不一会儿就端着洗衣盆回来了。我问这么快就洗干净了？她说洗干净了。我问她怎么洗的，她说把洗衣粉和衣服放到盆里用手搅了一下就好了。我说你看肥皂沫子还在衣服上呢，怎么说洗干净呢？她说洗衣机不是把衣服放进去搅一下就干净了嘛……

这件事给我讲了后，就像自己的影子一样一直跟随着我。

最近，学校艺术节闭幕演出，有一个舞蹈叫《细腰踏鼓》。鼓，不过十厘米高，有一女生不慎跌倒，却骨折了。这又让我想起一位教授关于"素质教育"的报告，说："一个孩子，若在小时候这也没玩过，那也不会玩，没有一个丰富的'玩'的经历，那他的童年就有点缺憾了。"再一次让我有写点感受的冲动，也让我想起十多年前的一件小事。

十多年前，有一年春节我是在老家农村过的。某天，有几个四五岁的孩子在老家的光场①上追赶打闹，飞速奔跑中，一个孩子悬空展展儿地摔了一跤……我们在场边正谝传②，大家几乎同时一惊地"唉"了一声，想着这下把孩子绊坏了！孩子果然绊得不轻，趴在地上好半天不起来，有几个大人急急忙忙往跟前赶，当孩子被扶起时，这孩子猛地挣脱，又飞快地跑掉了！惹得在场的人哈哈大笑！

"要是城里的孩子，这一次就绊得死死的了！"有一位大人颇有感慨地说。

是的，进入二十一世纪以来，一直提倡素质教育，重视素质教育，研究素质教育，那么孩子的素质究竟如何呢？实不敢恭维。不要说城里的，就是乡里的孩子有不少身子骨也好像是面捏的，松松儿的，软软儿的，似乎一触即酥，一碰就散。

回头看，上小学的我，与现在的学生比起来，感觉要硬棒得多，也快乐得多。那时，吃不饱，穿不暖，肚子常常饿得咕咕叫，见别的孩子吃东西总是偷着咽口水。冬天手脚经常冻肿，像块粗馒头，还裂开好多血丝丝的小口子，可是人很精神。那时学的课文也简单，作业少，成天好像在学中玩，玩中学，无忧无虑，其乐融融。父亲在城里上班，家里的几垧地全凭母亲一个人务，农活忙了我和姊妹就帮母亲去干，学校也不多管。农忙季节，农业社也给我们学生安顿活，记一半工分，打胡基③、修梯田、担粪、拔田……样样干。

---

① 光场：碾田的场地。
② 谝传：方言，聊天之意。
③ 胡基：方言，地里的土块。

当时提倡"劳动光荣"，现在才悟到劳动真的是福，是劳动造就了我们一个一生受用的好身体。

上小学时，学校管理松散，我们有时违纪，偶尔也逃学。有一次逃学，至今让我难忘，也算是三十年前的一件趣事吧。

二十世纪七十年代，有一首歌，歌名我忘了，歌词还记着："奶奶喂了两只鸡呀！什么鸡，什么鸡，大母鸡和大公鸡呀！大母鸡，大公鸡，一只白天忙下蛋呀，一只清早喔喔啼喔喔啼；队里来了两只机呀！什么机，什么机，突突突突拖拉机呀！突突突，拖拉机，一天忙着去耕地呀……"农村的孩子，大母鸡大公鸡司空见惯，而拖拉机怎么突突突又怎么去耕地，只能是瞎猜瞎想。

三年级时，我九岁，我们村真的来了辆拖拉机！

当时，村里筑涝坝①，有一个叫"王家爸"的长辈在公社农机站工作，有段日子他把农机站的拖拉机开来了，帮村里拉红土筑涝坝。拖拉机机身是暗红的，车厢是墨绿的，机头上正前方有"东方红"三字。大概是力气大又会耕地的缘故吧，大家又把它叫"铁牛"。我们放学后就抢着去坐。

有一天上午，我们坐在教室里听课，拉土的拖拉机约半个小时就突突突地从学校附近经过一次，我的心也跟着突突突地乱跳！下课后，我和同学按捺不住，就跑到操场边远远地看拖拉机，越看越想去坐……我和一个叫"忙来"的同学就偷偷商量如何逃学，想象着逃学后如何抢着去坐拖拉机。几天来，我们已坐过几次，感觉一次比一次过瘾！用现在时髦的说法，当时的那种感觉比我二十多年后第一次登上飞机、飞上蓝天还要"爽"！

中午不到，我俩从学校溜出。半路上，碰上班主任，问我们

_____

① 涝坝：方言，人工水库。

为什么早早回家，我俩一个说"肚子疼"，一个说"头痛"，一边捂着肚子一边装着很痛苦的样子逃离了……

我俩窃喜着跑到拖拉机旁时，社员们刚把一车土卸完，有不少小伙伴已在车上，在车厢里得意扬扬地乱喊、乱叫、乱跳蹦子，拖拉机突突突的声音很响，车厢里的声音嘈杂，车晃晃荡荡地开动了，侧面的车厢门还敞开着……

我站在土堆上急着往敞开的车厢里爬，个子小，够不着，虚土松，鼓不上劲，连跳了几下，好不容易把半个身子爬了上去，有一个小伙伴伸手拉我没拉住，其他的躲在车厢的前头和另一边不敢来帮忙，我憋足劲地往车厢里爬，可是手没地方抓，车又晃来晃去，我咬着牙坚持！坚持！再坚持！可是没多久，还是被摇摇晃晃的车厢甩了出去……

我惊恐地看到隆隆的机器从我的身上碾过……

我迷迷糊糊醒来时，已在我家的席炕上。只听见村里人七嘴八舌，有人急急地说："快！有没有藏红花！和着童子尿一起喝了。"

"找到了！找到了！"是妈妈颤颤的声音。

"哪个娃有尿?"有人又急切地问。

"我有！"是忙来自告奋勇。

"我有！"又是碌换不甘落后。他是与我同岁的另一个伙伴。

我半迷糊地翻过身，只见他俩争着给我要喝的藏红花碗里撒尿尿……

我被人扶着，昏昏沉沉中把一碗藏红花童子尿一饮而尽。

事后，听忙来绘声绘色地说，我那天叫拖拉机轧过三回！第一回，轧过去时，有人慌张地喊："哎！哎！哎！把娃娃轧到车底下了！"司机王家爸闪电般一个倒挡，车轱辘从我身上又倒了过去；有人一边打手势一边又疾呼："哎！哎！别退！别退！"王家爸又迅雷不及掩耳挂了个前进挡，车轱辘第三次在我身上碾了过去……

有人还说，把我从车下抱出来时，已不省人事，稀屎碾了一裤裆……

那时孩子多，不值钱，但命牢。第二天，我就夹着几本书去上学了。班主任和其他老师骂我，同学们在羞我笑我。

要是现在，一个九岁左右的孩子，叫拖拉机碾上三个回合，恐怕早"没戏"了，即使小命有保，家长们也要打破砂锅追究学校的责任，直至送上法庭，榨出几斤油来……可是那时的家长没这想法，只觉得自己的孩子不听话，欠揍！

几年前，我想方设法，为曾念过小学的这所学校争取到了十几万元的经费。不多久，学校就多了几间新教室。

现在我坐着小车偶尔回老家，以前突突突忙着去耕地的铁牛已经看不到了，能见到的拖拉机比以前的个头要小得多，村民把它叫"三马子"。村里童年时的伙伴们一听到我来了就乐，与我爱喝上几盅。刚喝时，还恭维我："全亏你了，给学校要了钱。孩子上学比咱们那时好多了！"酒过三巡后，就"吹"我们小时候的故事。吹来吹去，有时就吹小时候逃学去坐拖拉机的事，吹我喝他们尿的事……

"老三被铁牛碾了三回没死，是个'铁人'！"另一个伙伴突然冷不丁冒出这么一句"鼓舞人心"的话。我们弟兄三个，我排行老三，长大后伙伴们便渐渐不呼对方的小名了，就叫我"老三"。

"老三大难不死，是'二娘娘'保佑着哩！"村上一位长者感慨地说。

我想，所谓"大难不死"，也许有些侥幸吧，但细想还是当时身子骨硬棒，不像现在的好多孩子不会玩，不会耍，吃饭不香，家务不干，除了"学习"还是"学习"，却经不起一点儿磕碰摔打，这让我反思好多……

如今，农村和城市大变样了，农村人和城市人也大变样了，但每次不管是从城市回到老家，还是从老家返回城市，总有一种说不出的感觉，好像各自多了些什么又缺了些什么……

写这篇文章的时候，是周末，我开了一晚的夜车。半夜一点多睡不着，便起床，在笔记本电脑上一敲就敲到大天亮，刚准备迷糊一阵，我上北大的那位学生却打来电话，十分兴奋地说："老师，我今天领了八千元的国家奖学金！"

我向她道贺时，记起她暑假曾给我说，她期末考了个全级第一，快大四了，要到一家公司去见习，假期就不回来了……

我把这篇文章挂在博客上，有人很关心地跟帖："这样的文章还是以后再写吧。"

我想，我是用心讲故事，用心与大家交流，展现给大家的是忙碌之余"另一个鲜活而涌动的生命"！我已四十多岁的人了，"以后"将是个什么时候。况且，写文章就像女人怀孕生孩子，错过了那个年龄，你干着急却没办法。换句话说，更像小时候差一点要了我命的突突突的拖拉机，只有加足马力，不停耕耘，才会多一份收获、多一份喜悦，也多一份回忆……

2009 年 11 月 9 日

土豆　洋芋　马铃薯

前些年，一次开全市干部大会，当时的市长讲了一个故事，说他最近接待了某大学的几个博士，席间谈到"陇中苦瘠甲天下"，这儿的老百姓曾经没面吃、没菜吃……这时，有一个博士突然问："没面吃、没菜吃，为什么不吃肉呢?"惹得整个会场哄堂大笑。

去年，又有一个新故事，说有一名博士到当地挂职多年，一次席间，喝了点小酒，他不无收获、不无感慨地说："我终于把我市的三大产业搞清楚了，就是'土豆、洋芋、马铃薯'!"

不知这两件事究竟是真的，还是幽默笑话，一段时间，在民间传得沸沸扬扬。

实际上，当地人大多知道土豆、洋芋、马铃薯是同一个东西，那么到底哪个是学名，哪个是别名，仅从字面看，"马铃薯"应是学名，"土豆""洋芋"该是别名了。

想着把这三者的关系再往清楚搞一下，我在百度网输了"土豆洋芋马铃薯"去搜索，结果大吃一惊! 发现关于"土豆洋芋马铃薯"的资料太多太多，有好几个博客名也叫"土豆洋芋马铃薯"，"土豆"在网络上也成"大产业"了。

有一段文字介绍三者的关系："土豆的学名是马铃薯，'土豆'是方言，个别地区叫洋芋、山药蛋，英文为 potato，在法国，土豆被称为'地下苹果'……"

网上还有一段报道，说中央电视台"渭河上下"采风团来陇中采访，《定西日报》社长陪同，在介绍本地主导产业时，他伸出三个手指头，风趣地说："定西有三大支柱产业——土豆、洋芋、马铃薯！"记者们回过神来，哈哈大笑。

我想社长也是得益于前面故事的演绎吧。

不过，小时候我只知道"洋芋"，没有"土豆""马铃薯"这个概念。

二十世纪七十年代，我上小学，每当秋季，学校常常停课，由两三个老师带着我们去帮生产队收谷子，拔糜子，挖洋芋……而挖洋芋是我们最喜欢参加的劳动。有时候，走上两三里路，翻上一两架山，来到某个生产队的陡坡地头，大人和年龄稍大的学生就用镢头挖，年龄小些的学生跟在后面帮着抖①，帮着拾，把大洋芋、小洋芋和洋芋秆子一堆堆分开。社员个个卖力，学生人人鼓劲，一天能挖好几坰地。挖上"半划子"（一半的意思）地后，村上的青壮劳力就开始用扁担箩筐往回担。

秋天，农村只吃早、晚两顿饭，中午不休息，到了下午两三点，大家的肚子就饿得咕咕叫，孩子们不耐饿，开始悄悄乱嘀咕："怎么还不送干粮来啊……"

可是，过不了多久，就会看到有人远远地用扁担闪着两大箩筐朝地头走来。这时，我们便暗自高兴，肠胃开始剧烈地蠕动。有时，微风而过，人还没到，煮洋芋的一股香味儿远远地扑鼻而来……这时，只等队长一声令下："缓干粮了！"大家就放下手中的活，大多顾不及拍拍手上的泥土，也不剥洋芋皮儿，就围着两筐煮洋芋狼吞虎咽起来。

---

① 抖：方言，读 tǒu。

偶尔，个别村子的妇人心细，两大筐煮洋芋担来时，用大锅布苫①着，一揭，洋芋热腾腾的冒气，掰开了花，我们也跟着喜笑颜开，心花怒放，抢着先挑最"花"的吃……

实际上，当时在农村洋芋的吃法有好多种，其中，一种是炕洞里烧着吃，一种是野甚里烧着吃，都比煮着吃有味道。

我先讲讲炕洞里烧着吃的故事吧。

每年秋天，村子的夏田进场了，生产队就开始安排巡夜看场。麦场就在我家门口，场边有座小小的巡夜房，叫"场房"。场房炕洞边，有一棵我家的大柳树。秋天，黄黄的柳叶儿落在房顶上；冬天，在场里觅食的很多麻雀儿在树上叽叽喳喳……

场房不大，土炕经常烧得很热、很烫。一遇到阴雨天，就会挤好多老人孩子、男人女人，有的在炕上挤坐着，挤不下的就在炕沿上靠着、地下站着。有时女人们多，一边做针线活，一边拉家常、说家务。有时男人们多，掀掀牛，划划拳，好不热闹……

巡夜，一般是每晚两人，一个大人，一个半大小伙。男孩到了十三四岁，生产队就把巡夜的活安排上，与大人记一样的工分。

有一晚，我和一个叫"虎娃"的分在一组，我们又约了一个叫"根存"的玩耍做伴。虎娃比我大两岁，看起来虎头虎脑，却比我低一年级，我上初一，他上五年级。根存比我小两岁，经常提不起裤子，衔不住鼻涕，大家都叫他"鼻筒"。那时候年龄小，一遇到巡夜这样的事我们就亢奋得睡不着觉，在炕上摔跤，有时反②个大天亮。那晚，我们玩饿了，也不知几点了，虎娃突然提

---

① 苫：方言，读 shān。
② 反：方言，玩耍的意思。

议我们去偷着烧洋芋。我们一拍即合，就来到河对面的银地①里，在朦朦胧胧的月光下，我们看着洋芋秆下壅土堆上有裂口的地方，把木棍子插下去一撬，一颗大洋芋就出来了……

我们把满满一筐洋芋放进场房的炕洞里，豌豆秆的火子②红堂堂的正旺。大约又要了半个小时，估摸洋芋烧得差不多了，我们去掏，只见一个个洋芋蛋烧得不焦不生，恰到好处。我们一边掏，一边吃，一边叫根存往场房拿，趁虎娃不注意时，我就往屁股后面的柳树桩下塞……

回场房后，我们又尽情美餐，个个肚子吃得滚圆滚圆……我就提议第二天把吃剩的每人带上些，与同学、伙伴去分享，炫耀我们巡夜的"劳动"成果……

天麻麻亮，虎娃和根存还睡得很沉，我忐忑不安，想着把藏在柳树后的洋芋赶快收拾了，先悄悄起来。咦！一堆洋芋怎么不见了？我很惊讶，是谁半夜三更地偷走了呢？仔细一看，地上却有不少狗爪印儿……

若干年后，我上大学，把这件事讲给大伙儿听，有个小白脸不解地问："你说的土豆儿到底到哪里去了？"

"笨蛋！进狗肚子了。"另一个同学马上损他，惹得大家捧腹大笑……

在农村，放牛娃放羊娃偷着烧洋芋是最司空见惯、防不胜防的事，一般不说"烧洋芋"，却叫"熓（音 qióng）锅锅"。夏秋之交，你时不时地会看见这个山头上冒火，那个山凹里冒烟，那一定是有人在熓锅锅了。熓锅锅的基本方法是在土坎坎挖了个锅锅灶，灶上垒了许多小小的干胡基，点着柴放进灶火烧，等到胡

---

① 银地：肥地，产量高的地，因地肥产量高而得名。
② 火子：火灰。

基烧红了，就把灶火门赶快封了，把洋芋从上面掼下去，用棍子迅速地把胡基捣碎，再埋上厚厚的土层，拍实，谨防漏气……不一会儿，洋芋就熟了。

小时候，我们常常上山拾粪拾柴，也常常与放羊娃搭伙焙锅锅。

我家近邻有个伙伴，名叫"宝来"，与我同岁，一天学也没上过，一年四季放羊，是个地地道道的放羊娃。他爸排行老五，我们管他爸叫"五爸"，他妈叫"五婶"。宝来属老大，有三个弟弟，一个妹妹。宝来家的日子不是现在人们能够想象出的穷困，三天两头揭不开锅，吃了上顿没下顿。我有时去他家，碰上吃饭，除五爸在高高的上房吃馍喝茶外，他们姊妹几个就趴在半人高的屋檐雨台上，一人端着一碗酸菜糊糊儿喝。实在断顿了，五婶就到我家来借一碗面，一大家子人一碗面又维持好几天……

五爸的脾气不好，动不动打宝来。有一年过年，他被五爸痛打后赶出家门，躲在麦场的草窑里过夜，不是我及时发现带回家，说不定就冻死了。

人穷志短，宝来很内向，与村里的男孩子很少来往，有几个孩子不但瞧不起他，还有时欺负他。可是，每年夏初，宝来总是会挖一两窝小松鼠，养恋了故意戏戏伙伴，这时有的男孩子会想法设法巴结他，但他不搭理，他的小松鼠就是不让别的伙伴玩。

宝来与我关系好。某天，快中午时分，他放羊回来，我提议下午一同到山上偷着焙锅锅，便一拍即合，他兴奋异常，去积极准备。下午他把提前藏在羊圈里的一背篓麦草背上，与我赶着羊群上山了。宝来穿的衣服没兜兜，中午五婶炒了刚熟的小麻豌豆，他把好多豌豆装在绑住的袖子里，像个小沙袋，搭在肩膀上，一晃一晃的，神气十足。一路上，我想象着焙锅锅的乐趣……宝来却像好久没见过料草的小马驹儿，"咯噔噔"不停地嚼着炒豌豆儿……

那天，宝来有了英雄用武之地，干活迅速麻利，我们揣了远村山地里的新洋芋，锅锅灶挖得很圆，小胡基烧得很红，火候把握得很好，洋芋蛋个个烧得皮黄黄儿的……

我们吃了好多好多……

第二天，天麻麻亮，我就被母亲骂醒。骂我与宝来一起去害人，去烧洋芋。原来，宝来昨晚得了肠梗阻，不是抢救及时，差一点就胀死了……

我上高中时，宝来被他的一个叔父带到新疆去了。听说他叔父带他走时，说去新疆，挣钱了帮他娶个媳妇。三十多年过去了，宝来一走就再也没回过家。

现在，定西的各种土豆已上了城市人的婚宴酒席，有的还走进了麦当劳的系列快餐，尤其是接待远方客人，席间大多要点上"煮土豆"或"烤土豆"，配点韭菜咸菜，这一"地方特色小吃"往往大馋客人眼福，大饱主人口福。定西也因搞土豆出了名，成了"中国马铃薯之乡"，土豆也做成了大产业，远销海内外，还被加工成淀粉、精粉、全粉。土豆的品种也不是小时候年年种年年吃的"深眼窝"，而是所谓的渭薯、陇薯、新大坪、专用薯等，土豆慢慢地也不叫"洋芋"而叫"马铃薯"了，"土蛋蛋"变成了"金蛋蛋"，土豆的吃法也比以前更多更为讲究。

我把土豆寄给一个远方的朋友，她说定西的土豆真的太好吃了！但对我来说，不管走到哪里，吃多高档的酒宴，不管是"夏菠蒂"还是"黑美人"，烤土豆还是炸薯条……我总是找不到小时候在农村地头与大伙儿围在一起吃煮洋芋的那种香味，找不到与虎娃根存一同在炕洞里烧洋芋的那种乐趣，找不到与宝来一块儿在山屲里焗锅锅的那种快感了。

　　我写完这篇文章，很累，闭上眼睛，大脑中的童年伙伴虎娃、根存、宝来……一个个却变成了土豆，我也变成了土豆，曾经"苦瘠甲天下"的陇中老百姓都变成了漫山遍野的金蛋蛋……

　　　　　　　　　　　　　　　　2009 年 11 月 29 日

杏子的故事

小时候，我家有好几棵大结杏树，还有几棵毛杏树，村里也有不少有杏树的人家。每年春天，村子都会被一团一团的粉红色杏花装扮。杏花开了，就真的是春暖花开了！当杏花含苞待放时，走在乡间的小路上，我们也会眼馋手馋，折上一两枝，拿在手上，闻闻那淡淡的清香。但是，往往好奇不了多久，又扔了。有的女孩子不一样，会把杏枝拿回家，找个玻璃瓶，灌上水，插上枝，把自己的小房间装点得"花枝招展"。长大后，读了一点书，看到"红杏出墙"这样的词，就会联想起从农家院落的土墙上伸出，在骄阳下竞相绽放、娇艳迷人的杏花枝。现在想起，那时年龄小，没有多少人生经历，也不会有许多非分之想，倒是"红杏出墙"的"艳遇"不少。

老家的杏花，每年大概在农历二月二后不几天开放，花期不长，不到十天的样子，它们便消失得无影无踪了。杏花盛开的时候，最怕下雪。若正好下了雪，雪花落在杏花上，雪化了，杏花也化了，当年就别想着有杏子吃了。杏花开罢，杏树就会抽叶，摇身一变，又成嫩绿色了。这时，柳树抽丝了，杨树绽叶了，白色的梨花也开了，山上的野花也艳了……山野慢慢变得生机盎然了。

家乡的杏子一般有两种：一种是毛杏，成熟后大多核桃壳一般大小，仁多苦；一种是结杏，成熟后鸡蛋大小，多圆球形，仁多甜。杏子吃罢，把杏核扔在地里，长成杏树，结的果就叫毛杏。毛杏经过人工嫁接结杏的枝芽，结了果就叫结杏。至于第一棵结杏从哪里来，就像"先有鸡蛋，还是先有鸡"，那就不清楚了。四五月，杏子会长成指头蛋大小，伙伴们偶尔摘吃，乍吃起来有一股酸味，后味有点儿苦涩。我们有时调皮，把杏肉吃掉了，取出瓜子大小汁液饱满的白色杏仁，在尖上一掐，猛不防对着伙伴一挤，一股白汁液就会喷在对方的脸上。有时，伙伴们会把杏仁包层棉花，塞到耳朵里"抱小鸡"，也觉得好玩。

大结杏长到乒乓球大小时，就开始"合朦"了。这是杏子最酸的一段日子，一般咬一口就会牙酸，看到有人吃，也口流酸水。有一年夏初，几个社员在场里干活，有一个年轻媳妇到村上的园子里摘了半帽碗儿合了朦的杏子，一只接一只地吃，大家看着都牙酸直流酸水。旁边便有一婶婶说，这媳妇儿怀娃娃了，看嘴馋的。又有另一婶婶补充说，肯定怀着个儿子啊！果然，没过几个月，这个年经媳妇生了个胖小子！正应了那句"酸儿辣女"的说法。

杏子快熟时，先慢慢发黄，再渐渐变红，熟透了也就红透了。我家的大结杏熟透时，红红的、艳艳的，这时树枝压得弯了下来，绿叶衬红杏，非常壮观，也非常地美！正午，累了，躺在杏树下乘凉，闭上眼睛，不时听见树叶"唰啦"一响，接着"砰"的一声，熟透的杏子便从树上落到身上或身边，杏子裂出一些小口子，杏汁从杏肉里渗出来，软软的，一掰两半，放在嘴里纯正甘甜……

二十世纪七十年代，市场不开放，杏子熟了，根本吃不过来。早晨到几棵杏树下，遍地是掉落的杏子，一阵子拾一筐。搁到屋檐下，一家子人谁有空谁就挤杏核，偶尔也挑几颗上好的吃。除硬些的杏肉适当晒些杏干外，其他的大多喂猪了。有些家一进门，墙头上、屋檐下、炕洞口都摆满杏干、杏核，一派杏子丰收景象。杏核晒干了又要一粒一粒地砸，很费时间，积攒起来交给供销社，一斤也不过一两元钱。有的家嫌麻烦，便腌了非常好吃的韭菜杏仁咸菜。

我十四五岁时，卖过杏子。杏子熟了，就担两小筐，与同岁的伙伴忙来去大山深处卖。大山深处的人家穷，一毛钱八颗大结杏，常常买下十几颗，大人往往舍不得吃，给孩子一颗一颗分着吃。这家买了，那家的孩子又馋得直咽口水，用乞求的眼光逼着大人买。有时遇上非常窘困的人家，一分钱都没有，就用粮食换，相互讨价还价，一斤粮食换上一两斤杏子。走上十几里山路，两半筐杏子卖上四五元钱，再换上几斤豌豆、小麦之类，赶天黑点灯也就回家了。

我村附近，有一座山叫"新民大山"，山顶有座微波站。二十世纪七十年代初，我们就在微波站看九英寸黑白电视。有一天，我和忙来去卖杏子，微波站的四五个工人围了一圈，有一个留着八字胡的凶巴巴地对我俩讲，他们吃多少算多少，最后数杏核。有几个一边挤眉弄眼吃着杏子，一边把杏核"咕噜咕噜"咽下了肚。我俩的两半筐杏子下去了不少，最后杏核没数下几粒。我俩谁也不敢吱声，只好打道回府。

我卖杏子赚钱最多的一次是一九八五年暑假。我上大学回家，同村的有娃动员我一同去兰州卖杏子。那时市场已开放，除自家的杏子外，我与有娃还收了邻居家的一些，每人搞了四大方背篓，满满地装了一架子车，到马河火车站办了托运，拉到兰州西站菜市场去卖。我俩批发的批发，零售的零售，不到下午，就把各自的杏子卖完了。这次，我们每人赚了好几十元钱，相当于几年后我刚工作时半个月的工资。我俩在火车站附近吃了一大碗垂涎已久的牛肉面，便爬上夜里的慢车返程了。下车后，我们把两人的背篓套一块，挎上背，有一种满载而归的感觉。我俩谈天说地，欢歌笑语，走在清静的夜晚，踏着习习凉风，月光洒满田野……

工作后，当上了所谓的城里人，农村渐渐去得少了，老家也去得少了。老家园子里的杏树也不知何时被人一棵棵无情地挖掉了，更不知道挖掉后的树干树枝都干上啥了……

这些年来，每到春天，无意间抬头，总会看见单位后山有许多杏花开放，尽管有点惊喜，却从没有近距离欣赏过，更不要说饱一下"红杏出墙"的眼福了。偶尔上上山，干枯的树枝上很难找见几粒杏子，冷不防找见，尝尝，又干又涩！

走在马路上，每当看到有人担着担子转悠叫卖杏子，我会自觉不自觉地买上几斤，但总见不到当年那样圆圆的、红红的杏子，更找不到当年老家杏子的那种纯香的口感，那种甜美的味道了！

2010 年 6 月

秧歌小曲的记忆

二十世纪七十年代末，曾一度盛行的秧歌（社火）又复活了。春节期间，大伙就耍起了秧歌。秧歌几乎是遍布全国各地的一种民俗文化活动，主要有载歌载舞、敲锣打鼓、玩龙灯、耍狮子、划旱船、踩高跷等形式，老百姓们喜庆丰收，赐福新年，乐哉优哉。

老家农村的秧歌与城里的秧歌、电视里的秧歌还是有些不同的。

大概正月初八九，一个个村子的秧歌就起来了，一个村子的秧歌就叫"一家"或"一台"秧歌。晚饭后给纸糊的"高爷""拉花"等各类灯火点上羊蜡①，大家便打着鼓、敲着锣、唱着曲、簇拥着、欢笑着出发了。耍秧歌也相对固定，每年的每晚在哪个村子耍，似乎约定俗成。

我们村有座二娘娘庙，正月十五，方圆几家的秧歌要敬神，来的秧歌台数往往最多。几家秧歌耍在一起，夜晚的灯火龙飞凤舞，一度寂寥的山谷锣鼓喧天，高亢的曲儿此起彼伏，热闹的人们喜笑颜开，好一派祥和喜庆景象。

老家的秧歌，是有内涵的，主要体现在美好的曲词上。堪称曲子优美，语言朴实，内容丰富，充满生活气息。父亲会唱好多

---

① 羊蜡：羊油炼的蜡烛。

秧歌曲儿，我也耳濡目染，无意有意地学了一些，至今记忆犹新。

比如，秧歌队进了某个村子，以表谦虚，就会唱一段《胡麻花》：

胡呀啊麻花呀

蓝呀啊花花呀哈

高（我们）呀啊的秧歌是娃呀啊娃家

不会玩来呀不呀会耍呀哈

大呀家亲戚休（hou）笑话

意思是：胡麻花，蓝花花，我们的秧歌是娃娃演的，玩得不行，耍得不好，让大家不要见笑了。

再如，唱《春节》：

正月的来来是新年哎

纸糊的灯笼挂门前哎

风吹着灯笼儿嘟噜噜地转呀嘛嗨

哎呀哎子哟嗨

风吹的灯笼嘟噜噜地转呀嘛嗨

反映的就是农村春节"灯笼门前挂，风吹灯笼转"的一个视觉景象。

在秧歌小曲中，往往用简短的唱词描述一幅美好的生活画面，在小曲《十道（到）黑》中，表现得淋漓尽致：

白布嘛衫子

一条青丝带哟嘿

系着腰里一道黑呀

系着嘛腰里着一道黑呀

镜子嘛

放在呀的窗台上

照住眉毛着两道黑呀

照住嘛眉毛着两道黑呀

放羊娃

走到呀嘛崖边上

石头瓦喳散①到黑呀

石头嘛瓦喳着散到黑呀

⋯⋯

豌豆嘛

扬着呀的光场里哟嗨

娃娃嘛老汉拾②到黑呀

娃娃嘛老汉着拾到黑呀

从一道（到）黑至十道黑，每一道"黑"，都形象而生动地表达和反映了农村的一幅幅生活场景。

———————————

① 散：谐音"三"，"扔"的意思。

② 拾：谐音"十"。

农村秧歌小曲还体现在词与曲的优美上，如《牧牛》：

吆（赶）了一对牛哎

长的是梨花角（ge）呀嗨

吆着耕地去哎

一天嘛两垧多吆嗨

世上的农人多哎

哪一个好像我（e）呀

走了个阿冈县哎

买了个大砂锅呀嗨

做了一锅饭哎

婆娘连（和）女子多吆嗨

世上的农人多哎

哪一个好像我呀

穿了个烂皮袄哎

虱连个虮子多吆嗨

搭着墙头上哎

猪把个领扯破吆嗨

(有唱：野悄子（喜鹊）垒成窝呀嗨)

世上的农人多哎

哪一个好像我呀

……

词曲每段有一过门：

呀胡嗨——胡尔啦吧——咿呀哎子

嗨——咿呀二来三（一呀二来三）

唱词有喜、有趣、有无奈、有诙谐，每段都反映出农村生产、生活的一个片段；唱曲有节、有拍、有过门、有回转，听了叫人自觉不自觉地跟着感觉走，跟着节拍走。

农村秧歌词曲的表现手法也不拘一格，有时又说又唱，夫妻对唱，如《摘棉花》：

丈夫（自言自语）：清早上起来，观看四方，明明亮亮，家里有个箱箱，绳绳穿上，担担绾上，哎！摘棉花走。哎！老婆子唉！

妻子：咋嘞？

丈夫：清早上起来，观看四方，明明亮亮，家里有个箱箱，绳绳穿上，担担绾上，哎！摘棉花走。

妻子：要的！

起唱：

你担上嘛个担担儿呀

我呀我抱上娃呀

我呀我抱上娃呀

咱俩人嘛着吃苦辛

去摘棉花呀

咱俩人嘛着吃苦辛

去摘棉花呀

棉花呀摘了呀

两呀么两疙瘩呀

两呀么两疙瘩呀

你揭开呀么箱箱儿

我放棉花呀

你揭开呀么箱箱儿

我放棉花呀

老天爷呀刮大风呀

实实太大呀

实实太大呀

不知道呀么着把棉花

放在哪达呀

不知道呀么着把棉花

放在哪达呀

老天爷呀下大雨呀

实实太大呀

实实太大呀

露水呀么着扫湿了

奴家的绣花呀

露水呀么着扫湿了

奴家的绣花呀

……

　　这段对白，反映出夫妻之间夫唱妇随的美好感情，又折射出他们对生活、对劳动的热爱；透过这段唱词，又感受到他们遇到自然之苦后并肩抗争、同甘共苦的心境。

在秧歌词曲中，也有一些带"颜色"和"荤味儿"的段子，如《三百六十头》：

一根草绳两根头

两根草绳四根头

四根草绳八根头

一绾绾了个尖担头

一担担了个地埂头

碰见了个公猴段①母猴

一走走了个十字路口头

碰见了一个大木头

噼里啪啦两斧头

剁成一堆碎木头

喊了一声卖木头

出来了一个大丫头

端着一盘热馒头

碰了她的脚趾头

倒了她的热馒头

我帮着她儿拾馒头

她把我引到屋里头

一头是炕头

一头是灶头

花花被子绿枕头

---

① 段：追。

......

像这样的段子虽然不多，但滑稽、幽默、取笑，趣话连篇，色味双全，往往给人留下深刻的印象，令人终生难忘。

正月十七晚上，秧歌就歇了，人们就开始准备春耕农活了。

二十一世纪后，农村的秧歌也渐渐消失了，很多人或许不会完整地唱一段秧歌曲儿了。多少年来，就是小时候学到的些许星星点点的秧歌小曲，时不时地帮我在一些欢娱场合摆脱出节目的困惑和尴尬，并给人们带来不少喜庆与欢乐。我想，当今人们在热衷于华夏文化的传承与研究时，不妨对秧歌中的一些文化经典予以挖掘与保护，让其像璀璨晶莹的碎玉一样呈现光华。

这篇忆文就算是抛砖引玉吧。

2013 年 12 月 27 日

枪与靶子

几年前的秋天，天色晴好。军分区一位参谋长请我们学习打靶，我和几个朋友欣然前往。到了靶场，有5个靶位，分两组练习。每个靶位有一名战士辅导，教我们如何匍匐、瞄准、射击。我平趴在地上，只见100米远处的靶位上，白色的圆点靶心，对近视的我而言，隐隐约约，有种"瞎子打狗——冒跌"的感觉。参谋长征求意见："每人先打多少发?"我们玩兴十足且好奇，要过就过把枪瘾吧。我大声提议："先来30发!"

我按教官教的，三点一线，瞄准那个远处的1号靶位上的小圆白点，屏住呼吸，"嘭——啪! 嘭——啪!"一发接一发地扣动扳机，枪座墩得肩膀有点疼痛，弹壳飞落到近旁的荒地上。朋友们也一发接一发地射击。枪声此起彼伏，远处靶子后的土崖上黄土乱飞。

每人的30发子弹打完了。我们便跟着教官连走带跑、迫不及待地去看靶，其结果让我喜出望外，也让朋友们大跌眼镜。第一组5人中有两人脱靶，有两人中了不多几发，而我的1号靶子却搞了个"全面开花"!一清点，竟然中了27发，其中有9个10环，总分230环!军人们啧啧称赞，朋友们惭愧汗颜，我欣喜得近乎欢呼。有朋友调侃："大家是不是都瞄着1号靶位打了!"小战士风趣地比喻："你这30发子弹，能打死至少二十个鬼子!"

第二轮是站着点射，10发子弹，50米，有几个端不住枪，就放弃了。我又打了不错的成绩，得了第一。

朋友们带着别样的语气，问我："你是否当过兵，是否以前打过靶？"

我说："没正儿八经地打过靶，但小的时候，打过小土枪、猎枪，还打过一半次54式手枪，半自动嘛，还真是第一次。"

参谋长赞扬说："这个成绩还真的不容易，当兵的也要好好练一段时间才能达到。"离开时，我让他签名佐证，以做纪念。回单位后，我把两个靶纸贴在办公室墙上，自我欣赏。

后来，有人看到这两幅靶纸，以为我是搞生物的，挂着人体图形。有人认出是靶纸，便有点好奇地问："你在办公室挂这干吗？"我便轻描淡写地说："是打靶的成绩，拿来顺便贴墙上了。"若情绪好，又遇上熟人朋友，便绘声绘色地炫耀一番。还会把客人带到靶纸前，数数中靶的环数，看看军官的签名，一场吹嘘乱侃。实际上，好多人对打靶的常识并不知晓。我想，不吹白不吹，吹了也白吹！

说起动枪，我还真受过些启蒙影响。小时候，我家有三把枪：一把是小土枪，半尺多长，就叫手枪。一把是用半自动枪管改造的，一米长些，就叫半自动猎枪。这两把枪都是父亲亲手制作的。还有一把是老土枪，是父亲花钱买的大猎枪。

二十世纪六七十年代，父亲在县城上班，我家在百十里外的农村，父亲两三周回一次家，大多是走山路、走夜路。父亲的背包里常常藏着那把小土枪，以防身之用，偶尔也搞一点小猎物，解解我们的馋。

我童年时爱玩弹弓，爱打小鸟，那时农村各类小鸟多，也没现在的生态保护一说。上五、六年级时，夏天的一次课外活动，学校操场边树丛里，有几只我们叫"驴粪蛋蛋"的小鸟，只有指头蛋大小，非常灵活机敏。我和一名叫"晚生"的小伙伴就用弹弓去打鸟，教我们数学课的张老师在一旁观看。课外活动结束时，我打了五六只鸟，包括一只驴粪蛋蛋，装了上衣半兜兜。而晚生只打了一只大些的火食鸟。张老师眼见为实，便四处大加炫耀。从此，我玩弹弓的名气小有传扬。

春节时，父亲听张老师说，我弹弓玩得神奇，几乎是百发百中。父亲有点不相信，让我打只麻雀让他瞧瞧。我与父亲来到家门口的场边上，深秋的白杨树上有不少麻雀正叽叽喳喳地叫着，我在弹弓中夹上石子，蹑手蹑脚地绕到树下，"嘣"的一声，拔弓群鸟飞，便有只鸟落。父亲看得傻了眼，一边唏嘘赞叹，夸我还真有两刷子，一边又盯着我的眼睛疑心地问："鸟是你真打下的，还是撞上的？"

我觉得父亲似乎看出了破绽，狡辩说："反正鸟落地了，真的、撞的我也不知道。"

父亲也没再多问，回家便摸出炕毡下的小土枪，一边扣好"纸点"①，一边对我说："来，我也给你表演一下。"来到大门口，正好有只麻雀在一棵大柳树上飞来蹿去。父亲闭着一只眼睛，瞄了好一会儿，"砰"的一声，枪响轻烟起，鸟如秋叶落！我跟父亲扳了个平局："一比一"！

那次，父亲给我讲了小土枪的故事。一次，他从县城回家，从通安驿站下煤车②后，深更半夜，漆黑一片。经过一道山沟时，感觉前方有动静，头皮麻森森的，便从包包里悄悄地摸出手枪，轻轻扣好火炮，蹑手蹑脚地继续往前走。突然，看见几米外，黑魆魆的有个人影在晃动。父亲壮着胆大声喝问："谁？"对方受惊

---

① 纸点：小火炮。
② 煤车：拉煤的火车。

后忽然"哇"地大叫了一声，接着嘴里哼哼不停地念叨什么。父亲说他顿感头发竖立，毛骨悚然！觉得当下一定是遇上"打劫贼"了。当近在咫尺，感觉对方就要向他扑来，正值千钧一发、扣动扳机的刹那，突然辨认出了对方的声音："张麦镰?!"再走近一看，果然是他，原来是当地一个有名的疯子！正蹲在路边的土墩上疯疯癫癫、念念有词。

父亲摸着小土枪的火鸡公，对我说，就这把小土枪，差点闹出了一场人命！

从此，这把小土枪父亲也就不随身带了，常年搁置在老家炕头的毡下，很少有人去摸它。过年的时候，我们会取出来，装上火药，押上羊粪，一声接一声地放空枪，听响声。村子里的小伙伴"啊呀呀、啊呀呀"地跟前跟后，都祈求着能放上一枪，过把枪瘾。

父亲的第二把枪，我没动过几次。小时候，父亲盘枪，装上铁砂，在悬崖下画个圈，30、40、50、60米，不同的距离一枪一枪地打，好像说枪砂不太好。

父亲的第三把枪是老土枪，常年挂在上房墙上，很少有人去动。那个年代，人们都很贫穷，也没有禁猎一说，枪手往往靠打猎改善生计。下雪后，父亲穿上长筒毡鞋，挎上背甲，背上猎枪，全副武装，不约而同，就与村里的猎手进山了。父亲回来，大多会带些野兔、野鸡之类的野味，运气好的时候，还会逮只狐狸、猪獾等有价值的野物。有一年深秋，父亲打了一只老狼，麻黄色的，小牛犊一般大。几个壮汉抬进村时，吓得满村子的狗汪汪乱叫。当晚，母亲做了几大锅狼肉臊子面，香喷喷的，村里不少人吃了，都说香。

父亲的老土枪我用过。二十世纪八十年代初，下了一场大雪，许多麻雀在我家后院的草窑里觅食，遇惊吓就飞落到旁边的杏树上，循环往复。我从上房墙上摘下老土枪和火药别子，在枪管里装上一插销火药，压上两粒干羊粪，再灌了半把细铁砂，再压上一粒羊粪，扣好纸点，出门轻轻往后院走去。鸟群见我，便"噗"的一声，从草窑中飞出，成群地落到旁边的杏树上。我对准杏树上的鸟群扣动了扳机，"嘭乓"一声，麻雀像树叶一样纷纷落下……

最近，我原先的办公室腾出了。几年前的靶纸还在原墙上贴着，几十年前父亲用过的土枪不知去向何方，但它们已成为我生活中的回忆，成为我用飞越的子弹写下的一点记忆。今天，它又让我想起小时候经历过的不少故事，顿悟到"枪与靶子"的许多人生哲理。心想，人一辈子还是应多些阅历，多些体验，才会丰富自己的人生。而在短暂的人生中，还有一点要记住：活人，最好不要让人当"枪"使，去制造那些无端的伤害；也要谨防别人当作"靶子"瞄，让自己的生命千疮百孔。

2013 年 12 月 21 日

辑二

怀念追忆

寒衣节

——写给父母的怀念

"十月一，家家门上送寒衣！"小时候，每逢农历十月初一，村里的孩子常常念着这样的童谣。到了晚上八九点，会看到这家门口纸火点点，那家门口点点纸火。有时，我们一同玩耍的孩子，大人一呼，就各自离去，口里还在说："送寒衣去了！"偶尔，也听到邻居大人站在各自的墙边唠嗑："你们家的寒衣送了吗？"……

小时候，我也与伙伴一样，到了十月一，都要与二爸、二哥、堂弟等一同去送寒衣。那时父亲在县城工作，大哥十几岁就当兵了，大姐、二姐、三妹这些女孩子一般不参加这些祭祀活动。我家送寒衣的地方不在家门口，却在门外百十步远的河滩，河滩有我家种的柳树，在几棵柳树间选一块平地，几十年了，这一直是我们化纸钱、送寒衣的地方。打我出生就没见过爷爷，那时，奶奶还活着，父母辈都健在。我们跪下把寒衣、纸钱点燃时，顺便在老柳树上折半截树枝，一边慢慢搅动纸火，二爸一边嘴里念念有词："这些衣服和纸钱，先人拿去后大家分着用吧……"我感觉送寒衣好像是一种义务，也没什么悲伤。

一九八七年腊月初三，五十七岁的父亲去世。之后，每到传统的祭日或父亲的纸节，我们子女们就去给父亲烧纸，寒衣节也不例外。除大哥在省外路途遥远外，二哥、二姐、三妹和我分别在离老家不远的县城，离老家不过百十里路，大姐就在本村。所以，每逢这样的纸节，子女们一般能提前商量好，同一天到家。我们除给母亲带些零花用品外，就买些纸票票、香火之类以祭祀父亲的魂灵。寒衣节，我们回家，会看到上房炕上，母亲用白、蓝、黄、黑的纸粘的上衣、裤子、帽子、鞋等，还有一大堆母亲拓成的纸票票……每当这时，我心中就会掠过一种对父亲的怀念，对母亲的理解与怜惜！

父亲去世后，不论过什么纸节，我们打破了旧规，母亲也参加，姊妹们都参加。刚去世的几年，每当送寒衣的晚上，母亲很伤心，提前走出门，趴在门外的园子边上，悲痛欲绝地大哭："我孽障（可怜的意思）的人——啊！——你把我一个人撇下不管了呀！——你叫我怎么活——啊！"……

我们也跟着母亲哭……哭离世的父亲，哭可怜的母亲，悲天动地！

父亲去世后，多少年我总有一种感觉：父亲一生欠母亲的情债太多。二十世纪五十年代初，十六岁的母亲嫁给大四岁的父亲，一年后生下了大姐，父亲就当兵抗美援朝了。父亲当了三年兵，入了党，立了功，转业后在县城工作。母亲随父亲到城里生活、工作了没几年，爷爷死了，二爸跑了。一家人差点散摊场的时候，母亲抱着一岁多的二哥决然地回家了。回到农村后，母亲用勤劳而能干的双手救了奶奶和大哥两条命。后来生下了二姐、我和妹妹，繁衍和养活了一大家子人。

我记事起，感觉父亲回家不多，有时甚至是半夜来，天一亮就走了。只知道父亲是国家工人干部，多少有点得意和自豪。

大概是一九七四年春节吧，当兵在外的大哥想家，来信要求寄张团圆照。父亲便第一次也是唯一一次带母亲、二哥、二姐、妹妹和我一大家子人去县城。我们坐的是站站必停的夜间慢车，当时据说夜间的火车不查票，果然如此，不少人"躲过一劫"，在陇西北站就提前下了车，开始浩浩荡荡步行进城。穿越几百米的"巴巴峰"时，一个六十岁上下的男人喘着粗气说："谁愿意把我的这袋子粮食背过山，我就给谁一元钱！"有人马上讨价还价。这时，父亲也一边争着还价讨价，一边抢着把一口袋足有一百多斤重的粮食背上了背。父亲抢上后其他人又后悔，巴不得又从父亲身上夺过来自己背。翻过四五里的山路，父亲完成约定，把口袋靠在地埂边时，在隐隐约约的月光下，我看到父亲衣服湿透，细麻绳在肩膀上勒下两道深深的沟……挣了一元钱，父亲非常开心！精神抖擞，嘴里哼起了我听不懂的歌……

若干年后，我才知道父亲当时的工资只有四十一元五毛钱！那年头，父亲惜钱如命，要给从陕西跑回来的二爸娶媳妇，还要养活一大家人。没钱花或舍不得花钱或许是父亲回家少的原因之一。

改革开放后，农村恢复耍秧歌了。我村有二娘娘庙，正月十五耍秧歌敬神的传统风俗就延续了下来。每年正月十五，我家可以说是门庭若市，人出人进，熙熙攘攘，好不热闹。一九八四年，也就是我上大学半年后，正月十五，我们村子晚上接耍秧歌，第二天我要去西安上学。父亲白天上街为耍秧歌和第二天送我上学，跟了好多集，买了好多东西，家里又来了许多看秧歌的亲戚和方圆村子的许多长辈朋友，父亲喝了不少酒。耍秧歌就在我家门口的大场里，我们早早就在锣鼓声中出门了……当十几家的秧歌接齐，演出进入高潮，我正在随队狂欢时，有人急急叫住我，说："平旦！平旦！快！快！你大摔倒了！"

父亲倒在场边的一堆土灰上，已不省人事！父亲之前有高血压，曾叮咛过，一旦他不小心跌倒，千万不要乱动，就让他静静休息一会，缓过来就好了！但是，直到秧歌快结束，父亲并没有缓过来。父亲被抬到家里，抢救的抢救，到庙上问神的问神……第二天，被庄间人绑好的担架送到了马河火车站，送上了一列路过的货车，住进了陇西 626 医院……

父亲在医院里昏迷了七天七夜，瞳孔放大过三次后，终于醒了！

医生诊断为脑溢血，父亲住了将近半年的医院才出院，父亲从此半身不遂，一躺就是四年！四年中，时而住院，时而在家休息……

父亲瘫痪的几年中，子女在外地上学的上学，工作的工作，除过假期，大多时间是母亲一人伺候着，给父亲热炕、喂饭、洗澡、穿衣、按摩、打针、剪指甲、接大小便……帮肥胖高大的父亲翻身，把父亲搀扶到院子里锻炼、晒太阳……有时回家，正好碰上身材矮小的母亲左手搀扶着父亲半瘫的右臂，右手拉着父亲右脚上套的一寸多宽的布绳子，帮父亲在院子里一颠一颠地走路、走路、走路……

四年如一日啊！我家的土院里留下了一大圈光光的路面，是母亲搀着父亲来来回回、一步一颠踩出来的……

母亲的家务不仅是伺候父亲，还要干几墒地里的农活，一年从播种、除草、收割，到打碾、扬簸……永远都有干不完的农活。还有家里烧饭、清扫、喂驴、喂猪……似乎永无头绪、永无止尽。

但我们每次回家，当我迫不及待地喊一声"妈"时，母亲满面惊喜地应道："哎！我的狗娃，你怎么来了？"当我们走进家门时，每次给我的感觉，院子里总是干干净净的，席炕总是暖暖和和的，语无伦次的父亲总是笑呵呵乐呵呵的……

我工作半年后，父亲离开我们永远走了，离开母亲永远走了。

我感觉父亲给我留下的最深印象有三点：

一是乐观得不能再乐观。父亲健康的时候给我的感觉总是欢歌笑语，大话扬天，有时人还没到家，声音早早就来了。过年时，常常村子里方圆几里的人来我家，有时围上一屋子，与父亲一同吹拉弹唱，好不热闹！那年头，大哥入伍转业、二哥民办教师转正又考上成人本科、二姐顶了班、我考上了大学，好事、喜事一件接着一件。父亲掩饰不住内心的高兴，一年比一年"得意"，一天比一天"骄傲"。父亲最喜欢有人吹捧"你的孩子多争气啊"之类的话，这时父亲常常高兴得合不上嘴。有一次我陪父亲回家，一连串的秧歌曲儿，从马河街道出口不远处唱起，走过十几里弯弯曲曲的山路，除非碰见认识的人打个招呼，好像再没间断，一直唱到进村，根本感觉不到累！现在想起，那些年也许是父亲最幸福的几年！

二是能干得不能再能干。父亲好像没有不会干的活，叫我最钦佩的是会制作我们小时候很爱玩的火药、花炮、雷管、枪支等。父亲还是打猎高手，还会做一桌酒席。父亲是一个十足的多面手！记得小时候，父亲与母亲就在老墙脚、土旮旯铲碱土，在寒冷的冬天打硝、烧木炭、炮制火药。父亲说："炮制火药的基本方法是'一硝二黄三木炭'。"我上大学时，父亲到了当地工商所工作，业余时间就做好多花炮。寒假逢集，我就摆在街上，边放边卖，炮声震耳欲聋，引来不少人抢着买，我就会挣上一两百元钱，上学的零花钱基本上就够了。父亲得病前的腊月，我参与了父亲制作烟花的过程，在不同配方的火药中掺了不同比例的镁粉、铝粉、铁粉……经过若干次试验，终于做成了燃放时花朵飘飞、彩蝶群舞、漂亮壮观的烟花！翻过年，父亲就是燃放自己亲手制作的烟花，加上劳累过度、兴奋过火而脑溢血的。

父亲会制作枪，或许是当兵期间，也或许是在陇西机械厂工作时，学到的这门手艺。那时我家有三把枪：一把小土枪，一尺多长，父亲走夜路时，常常在小包包里装着，以防身急用，偶尔也搞点野味。另有一把半自动一样长短的枪，还有一把老土枪，一般不让小孩子玩。除老土枪外，其他两把都是父亲自己制作的。父亲说，他还给别人做过几把枪。有时候，我们往小土枪里装上火药，再装上十几粒小铁砂，压上一粒羊粪，打打麻雀和其他小鸟。过年的时候，放放空枪，听听响声，也十分得意。父亲当过兵，打枪百发百中，又喜欢打猎。老土枪，大概是父亲转业后二十世纪五十年代买的。我三四岁时，农村普遍贫困，不少家庭吃了上顿没下顿。父亲曾打了一只狼，母亲做了狼肉臊子面，我吃了两大碗，村子里的不少人也来吃，至今还记得香喷喷的……

最叫我难以想象的是二十世纪七十年代初，家里请客，父亲竟然显山显水大露一手，七碟子，八碗子，上了一桌子菜！我到现在还是没搞明白，在那样一个特殊的年代，父亲从哪儿学的这一手！只记得那天喝酒，来了几个县上和公社的干部，六岁的我给父亲代喝了六杯酒，醉了！直到第二天午后，母亲突然想起了我，找来找去，才发现在家里的高房炕上，我还睡着哩……

成年后，我爱喝酒，也能喝酒，几十年从没吐过，喝多了，睡上一宿，也就过了。酒友常常说我是"海量"，我估计，与小时候父亲的"熏陶"不无相关。

父亲给我最深的印象之三，就是父亲的缺点了：父亲的脾气可以说是暴躁得不能再暴躁！父亲是至今我见过的脾气最暴躁、最爱管闲事的男人，眼里不要说容不下沙子，就连一点微尘也无法容忍。六岁前，父亲疼我，把我第一次带到县城。有一天我摸进父亲工作的铸造车间，父亲好像是班长，指挥着工人干活。叔叔们抬着盛满炼铁炉里流出的红红钢水的大砂锅走来走去，有灼热的钢水从砂锅边溢出，掉在地上四散开来，变成许许多多大小不同的小铁砂。我喜不自禁，便拾了上衣两半小口袋。父亲那天不知为什么生气，下班后，一边大骂我把脸和衣服弄得很脏，一边把我一脚从单身宿舍里发①了出去，足足有三四米！

还有，每年除夕那天，大家准备欢欢喜喜过年，父亲就要骂人打人，正像母亲说的"每年都躲不过"。有一年，要写对联，父亲突然提出，让正上初中的大哥、二哥各写一副。过了好一阵，父亲发现没写，就到处找。父亲找到时，兄弟俩正在高房上练毛笔字。父亲顿时火冒三丈，大骂两个哥哥："上学的时候，你们干啥?！现在才临阵磨刀！"把两个哥哥揪下来，除一顿痛打外，还让两个哥哥跪铁棍、顶砖头……直到天黑，母亲实在忍不下去了，叫他们起来吃饭，才躲过了父亲的一场"酷刑"。

我总觉得，母亲一生对父亲的付出要比父亲对母亲的付出多得多！尤其是父亲瘫痪的四年，是母亲为父亲付出最多的四年。但或许又是他们夫妇俩人生中最幸福的四年，因为这四年中，只有相守，没有分离……

父亲走后，母亲的"去留"问题成了我们子女讨论的热点。我们一致认为不能让母亲一人继续住在农村再孤独生活下去了。讨论来，讨论去，母亲一句话："我哪儿都不去！"之后补充一句："等明年你大的一年纸烧完再说！"

---

① 发：踢。

父亲的一年纸烧罢，母亲又说："等老三的媳妇娶上再说！"

老三，当然指我了。可惜，我这个老三不争气。谈对象，总是光开花，不结果……

父亲去世后的第四年六月，我才实现了母亲的愿望，成了家。妻子当时在银行工作，在火车站对面的办事处上班。我工作后不久就认识，还给她介绍过对象。有一次我要坐火车回家，去她单位放自行车，我问她对象找下了没，她说没。她又问我找下了没，我说没。我说那你要抓紧哟！她说那咱们都抓紧哟！回到家，母亲关切地又问："你对象找下了没?"我说："妈！您放心吧，我下次给您带一个来。"下一次，就把当时在银行工作，也就是现在的妻子带回了家！现在想，爱情、婚姻、缘分这些词儿，不深想其实很简单，要搞透的话，你也许一辈子都弄不清。

我不孝，一结婚就把母亲忘记了，一心只想着过自己的小日子。直到一九九三年七月女儿出生，母亲为了伺候坐月子的儿媳才长住了一个多月。我与母亲商议，等妻子上班了就来抱孙女。母亲这次算是痛痛快快地答应了！十月，母亲想孙女心切，来到定西，下车后正好遇上暴雨，到家时浑身湿透。我又住在四季见不到阳光的一楼，是一年之中楼房里最难受的季节，母亲不幸病了。看了两天孙女，母亲吃了几顿感冒药，稍好些，又匆匆忙忙地回老家忙她永远干不完的活，补她永远补不够的情去了……

过了不到一个月，母亲又回到定西，这次不是来看孙女，却是被二姐和村里人慌慌张张地送进了定西专医院。我赶到医院时，母亲鼻腔、嘴里血流不止，已经打了止血药也无济于事……大家手忙脚乱！

几天后，母亲被确诊为再生障碍性贫血！天空掉下了晴天霹雳。

母亲住院期间，子女们都赶来了。大哥奔波掐算，准备后事；二哥坚守病床，配合治疗；我四处问名医，求要方，取良药；大姐、二姐、妹妹都有分工，各行其是。医院也是运用了各种治疗办法，还多次给母亲输血小板、输鲜血（鲜血不足时输过大姐、二哥的），但最后还是没留住母亲的生命。在父亲去世六年后，在孙女出生半岁后的一九九三年农历十一月二十五，时间永远定格在那里，母亲走完了人生的六十个春秋，去约见她的爱人——我的父亲了！

　　当初，专家们会诊，推断母亲得再障的原因可能是药物过敏，最大的杀手可能是安痛定。后来，我在讲学中常常用到一个资料，农药残留是导致贫血的重要原因。我又想起当年母亲吃水主要是靠大姐夫担，有时村子里人也帮着担，母亲当时不缺钱，买菜多，我怀疑是不是舍不得多用水，菜洗得不干净，长此下去农药残留对母亲的造血功能形成的某种破坏。

　　母亲去世后，有的邻居说，贾家婶（指母亲）前半年割麦时，腿上几天几天青一块紫一块的。有的说，贾家婶帮人碾场时，特爱累，一抖完场就在草垛上睡着了，醒来时便说，今年给你们都碾碾场，明年就给老三领娃娃去了。有的说，贾家婶看孙子回来就不攒劲，姚大夫看过几次，好了，过几天，又犯了，下了雪之后就加重了……每当邻居们含着泪绘声绘色地描述时，我们儿女们常常泣不成声、泪流满面，尤其是母亲把安度晚年的希望更多寄托于身为老三的我，更让我感到十分无地自容和懊悔，恨不能钻到地底下、躲进黄土里……

　　母亲出殡的一天，村上开了追悼会，村里的男男女女都来了，悼词中说母亲是全村的和事佬……举了好多我们子女们鲜为人知的例子，不少与母亲一同劳动过、一同唠过嗑、一同苦过累过的乡邻右舍，都哭了……

母亲带着无憾走了，把遗憾留给了爱戴她的儿女和生前好友！母亲带着慈祥走了，把微笑留给了留恋她的儿女和人间！

母亲活着的时候，每年把一件件寒衣做好，盼着子女回家，让我们去送给逝去的祖辈亡灵。父亲离世后，她把一件件寒衣做得更暖和更厚实，希望父亲能够哼着山歌温暖过冬快乐过冬！母亲去世后，我想，寒衣节一定在等待着我们，想着给她多送几件合身的衣服，多给她一些零花钱花……

今年，当我开车带着妻子、女儿回老家时，我突然觉得，既然大老远来了，这个寒衣再不应在门口的柳树滩去送了，而应直接送在父母的坟上，给父母亲自穿上！先期到达的二哥接到我的电话后同意我的想法，也赶到了母亲的坟上。母亲的坟茔长满了茂密的芦苇，立在母亲坟堆前的石壁像活着时的母亲一样不屈地矗立着。我们跪在母亲的坟前，把大姐粘的寒衣，还有我们从纸火店买的各种颜色、花纹的寒衣与纸钱一同点燃……我们想着，就在母亲的坟上多送几件寒衣、多送几沓纸钱吧！大家有说有笑，又自言自语地念叨："相信公心的妈妈不但会把这些衣服、这些票票分给父亲、爷爷、奶奶，还会分给那一世的邻舍好友王家婶、张家婶一起享用吧！"

而这一天，不知原因，情绪低落的我，心烦意乱，像每年腊月三十的父亲，笑不出来，说不出来，也哭不出来。不管是母亲的坟上，还是父亲的坟前，我只有用沉默的内心，深深地祝愿父亲安息，母亲安息。深深祝愿，我亲爱的生我养我育我的父母过一个温暖的冬天！

2010 年 11 月（寒衣节翌日）

一世辛勤范式乡里　终身节俭泽留村邻

——写给我的母亲

母亲离世已经十七年了。母亲离世后，我有好长一段时间精神恍惚，情绪十分低落。就是现在，我偶尔还会梦见母亲，常常在梦中哭醒，枕头浸满泪水……

母亲去世后，一直想写点对母亲的回忆性文章，但总觉得我的拙笔头把母亲写不准写不好而难以下笔。十七年前，母亲去世后，我一时很难走出悲伤和对母亲的深切思念，花了几个晚上终于用泪水写成了一篇怀念母亲的长文。一年纸祭日，我下跪在母亲的坟头，泣不成声地把悼文念完后，烧了！按当地风俗，"阴阳隔着一张纸"，把文字烧了，也就等于把想说的话给母亲说到了！很遗憾，当时没留下底稿。若有底稿，也不至于让我今天再去搜肠刮肚，只要稍加修改，我想就是一篇回忆母亲的好文。

今年农历十月一，我回家送完寒衣，情绪一直低落。第二天我写了一篇文章《寒衣节——写给父母的怀念》，觉得对父亲描述还比较形象到位，对母亲描述却相差甚远。我试着修改了几次，总不尽如人意，除真情实感不够外，文中主要写出了母亲勤劳、持家、爱夫、疼子的一面，而忽视了母亲的智慧、坚强、善良、乐观，觉得与实际生活中的母亲还是不太像！"好记性不如烂笔头。"我想，趁对母亲的印象还历历在目，把该记的赶紧记一下，不要一拖再拖了！

"子不嫌母丑。"年轻的时候，我从没注意过母亲长相如何，只觉得母亲就是世界上我最亲最爱的人！现在回忆，母亲个头不高，但五官端正，皮肤白净，面目慈祥……母亲病危晚期，按照医院的说法，再住下去也只能是"人财两空"，母亲只好被送到家等待时间。我守在母亲的身边，母亲睡着了，我端详着即将要离开人世走完生命终结的母亲，她容貌姣好，宁静安详，无怨无悔，我心疼得要死，眼眶噙满泪水，只想弯下腰亲母亲一下……

母亲去世后，我始终有一种难言的情结，试想着在其他亲情母辈身上去找点母亲的影子，以弥补和转移一份对母亲的孝心，但总是找不到，都与母亲不像。

母亲是智者。母亲没念过书，只在二十世纪七十年代扫过盲，但母亲一生智慧。父亲在外地工作，子女与母亲朝夕相处，母亲遇事讲不出一筐大道理，更谈不上三戒五律，但是母亲的一言一行细雨润物般地影响着子女的成长。母亲好像从来没有规定过子女要干什么，该干什么，不能干什么……

有时我们偶尔打个架、逃个学、淘了气、害了人……母亲好像也不多说什么。我觉得自己就是在这样一个广阔而宽容的天地里自由自在成长的。

有一件事，我曾冒母亲之大不韪，淘气害人害过了火，有一天带着一帮同龄朋友钻进一窑洞去看了一九五八年引洮河时的死人……母亲知道后差点气死！回到家，对我严厉地说："养的孩子一个个不听话，我干脆把毒药喝上闹死算了！"母亲以死威胁，把十几岁的我吓得瑟瑟发抖，犹如五雷轰顶，一个冒冒失失的我从此开始变得有点懂事醒事了……

母亲是强者。母亲当过十几年生产队副队长，当过一段时间的大队妇联主任。母亲带着全村的人，修过梯田，大战过河堤，抢收过庄稼，曾经风风火火、夜以继日地"抓革命、促生产"……

也许，正是在那个特殊的年代造就了母亲特殊的人生。母亲在危难时刻表现出的一种惊人的果敢和勇气，让我至今记忆犹新。有一年，夏天正午，邻居王家婶急急匆匆又蹑手蹑脚地来到我家，神情紧张又压低声音说："他贾家婶，赶紧！赶紧！柴家老六的婆娘要跳崖！"我急忙跑到我家的高房上去看，只见对面不远处数十米高的悬崖上，有一个黑影在悬崖边晃动。我想，此时整个村子都在屏住呼吸！可就在千钧一发之际，突然我家后山山坡上，晒太阳的姚家爷尖声大喊着柴老六媳妇的名字："×××，×××，你胆大了跳下来！"话音刚落，只见那个身影瞬间滚落了，发出一阵轰轰隆隆的巨响……

我和二哥，还有几个年轻娃娃，最先穿过河湾跑到悬崖下，只见那女人身子折叠在一起，衣服破裂，头戳在地上，口泛白沫，似乎已经是"死人"一个，吓得我们谁都不敢靠近。这时，母亲也匆匆赶来，几步跑到跟前，一把把缩成一团的女人翻过身，双手从腋窝里抱起，猛抖了几下，然后让其缓缓平躺在地。那女人便"咕嘟嘟"地吐出了一口白沫，发出仿佛来自地底下的一种遥远的呻吟……

紧接着，母亲一边呵责二哥火速去叫邻村的姚大夫，一边组织人员紧急施救，往她家里抓紧抬人，终于捡了她的一条性命……

这女人后来留下了残疾，走路一瘸一拐的。若干年后，有人诙谐地把她戏称为"跳高运动员"！这是后话。

母亲是善者。小时候，农村普遍贫困，不少家庭等不到天熟，有的家常常是吃了上顿没下顿。父亲有工作，加上母亲持家有方，我家日子过得宽裕些。有时，邻居家揭不开锅了，就到我家借碗面，母亲总是把碗中的面用手压得实实的、高高的。腊月杀猪了，母亲就吩咐我把王家爸、张家爸……一个个叫来吃肉！然后，又这家一碗那家一碗，让我挨个儿端着去送。有时，村里来了讨饭的，有的家就急急忙忙把门闩了。母亲却不，总是打发我们给讨饭的几颗洋芋、半碗面或半块糜面馍馍，好像从来没让要饭的空着手回去过……

在我印象中，母亲最关心村子里的两个人，一个是当时的"右派分子"马家婶，一个是"五保户老人"姚家爷。

马家婶上过北师大，至于怎么打成右派，怎么下放到农村，至今无从考证，也无人考证。雨雪天，我们一帮男女孩子喜欢到马家婶住的窑洞里，围在热炕上听她讲许许多多城里的故事、爱情的故事……

马家婶的生活能力极差，从山上拾上一小捆柴，便用绳子五花大绑后慢慢滚下来，到了平处，柴散得剩下不到一半，就缓缓背回家了。马家婶也多病，从庙沟里拎上半桶水往家走，一路上要歇好几回，一歇就呻吟："哎哟！我的腰疼死了！"……

母亲是副队长，又是党员，好像从来没有"右派""左派"之类的概念，遇上分暖炕的驴粪、麦衣之类，时不时嘱咐保管员给马家婶多分上一背篓……

母亲做了好吃的，我们吃到半拉儿，有时突然记起："把这些给你马家婶端去吃！"……

"谢谢，谢谢！请代问你妈妈好。"马家婶往往半土半洋、感激涕零地对我说。在二十世纪六七十年代，马家婶就把"请""谢谢"这样的文明词语带到了贫穷偏僻落后的乡村了。

至于姚家爷，他身边没有子女、亲人，是方圆村子里唯一的一个"五保户"。那时我也不知"五保"究竟是保什么，哪五保，只知道一年四季好像"保证"他什么活儿都不干，享清福。实际上，姚家爷是个有点脾气古怪、很偏很犟的老头儿。我感觉，村里大多数人并不喜欢他。至于怎么落户我们村，也不得而知。记得有一年春天，姚家爷拿锄头打一对正在发情的猫，猫没打住，却把自己打住了。锄头在他的小腿上刨了一个洞，不久化脓了。姚家爷经常坐在屋檐下撩起裤腿晒太阳，黏黏糊糊的脓水从伤口上流出来，既害怕，又恶心……

母亲那时不知怎么有那么多的精力、坚韧和耐心。每天中午，刚给一家人把饭做好，就先舀出一碗，让我给姚家爷端去趁热吃。姚家爷吃完，母亲往往也来了，紧接着给姚家爷清洗伤口、包扎、打针……

一两个月以后，姚家爷便能一瘸一拐地行走了。

母亲，一生不知做过多少这样的善事。我工作后，若干年来，主持过也聆听过不少英模的事迹报告，每次，我都会自觉不自觉地想起我的母亲。

母亲是乐者。父亲健在的时候好客，经常有客人来往，母亲忙出忙进，心甘情愿。那时母亲是村干部，做的饭菜味道又可口，家里干净整洁，公社、县上的干部下乡，十有八九要在我家就餐歇息……

一九八五年，村子要通电，就是要迎来当时人们常说的"电灯电话"的新生活，这可是村上的大事。为了使电工吃得满意，把家家户户的电接好，村上考虑再三，还是把吃住的任务委托给了母亲。五十多岁的母亲一边要伺候瘫痪在床的父亲，一边要给十几个电工做一日三餐。我上大学寒假回家，母亲不无遗憾地说："电工拉电，吃了一百多只鸡，村里不少人也跟着尝了。唉！

我的狗娃没口福，一根鸡腿都没沾上……"

　　父亲去世后，母亲一个人住在乡下。每年我们春节回家，就有不少邻居过来，有时男女老少来，几个屋子都是人。大哥、二哥和我往往各招呼一摊子，打牌的、喝酒的、观战的、聊天的……母亲坐在炕头，看到大家玩得开心，她仿佛也乐在其中。时而提醒我们把火加旺，把茶沏上，把烟发给大家。夜深，麻将摊散伙了，睡得迷迷糊糊的母亲还会关切地问："谁赢了？"

　　"母亲活着的时候怎么有那么多人尊敬她、爱戴她？去世后怎么有那么多人为她放悲声、抹眼泪？"多少年来，在我心中已不再是问号。时至今日，我终于用十七年的思念与悲伤为母亲交织出这点文字。但就是这点文字使我突然明白，母亲为她的子女，也为那一方水土上的村邻乡里活过……

　　母亲离世后，人去家空。一副内容为"一世辛勤范式乡里 终生节俭泽留村邻"的挽幛在上房挂了多年。当年，我每次回家，都会默默地念诵一遍，后来，在母亲三年祭日时把它烧了。这副挽幛的追思之语，确实切合母亲的一生，也就成了我这篇文章的题目。但这个题目像我的这篇拙文一样并不能概括母亲的全部。

　　　　　　　　　　　　　　　　　　　2010 年 12 月

深深地悼念母亲

——母亲去世五周年纪念

题记：孩子考上大学了。叫来收破烂的，收拾处理三年来的一大堆资料，顺便把我的书稿整理了一下。在翻箱倒柜中，却把十几年前母亲"五周年纸"时我写的一篇悼文翻腾了出来。这篇悼文的丢失是我多年来的一个心病，在后来写给父母的一些文章中，多次流露过这种遗憾。在书柜沉默了十几年的这篇文章的突然再现，使我如获至宝，眼前一亮。《深深地悼念母亲》一文，反映了我对那个年代的一种特殊的情绪和感情。现全文敲打出来，以防再次丢失。

时光真快，一晃五年。

五年前的今天，母亲流完了血管里的最后一滴血，永远离我们而去了。想起母亲要离开我们的日子，她的身体一天天削弱，一天不如一天，我的思绪异常烦乱、沮丧。母亲真的离开我们后，更叫我悲恸至极，撕心裂肺。母亲离开我们后的好长一段日子里，我头顶的天空是昏沉晦暗的，雪花阴阴沉沉地落下，头胀得像背篓一样大……

我只想着能在自己与母亲的血脉之间连通一根管子，给母亲羸弱的身体里流进我的血液，让母亲的心脏能重新跳动，让母亲的生命多延续一天。但是，我们终究没有回天之术，没能挽留住母亲逝去的脚步。

五年来，我做过好多次关于母亲的梦，想起过不少次关于母亲的事。有时我在梦中惊醒，泪湿寒巾；有时我在回忆中心绪难抑，伤感涕零。我深深地感受到一千八百多个日日夜夜的流逝，不但没有冲淡我对母亲的思念，反而因为久久的离别更叫我万分地挂念。

五年后的今天，我们又来到了母亲的身边，面对的是静静的一堆黄土和黄土下母亲的灵魂！我多么希望母亲的生命能够出现奇迹和再现，就像我一度回到家一样再喊一声"妈妈"！再听妈妈亲切地唤我一声"狗娃"！但是，这只能是一种幻觉，一种梦境，一堆纸钱，一份凤愿，一腔哀思。可是，我仍然坚信母亲是能够听见子女的呼唤的，能够听见子女这种心灵的强烈震撼的，就像母亲时常呼唤我们、震撼我们的梦境和生活一样。

——岁月的利刃永远割不断父母与子女之间的那份骨肉亲情！

五年前，母亲得了不治之症。从得病住院到病逝才五十来天。眼睁睁地看着母亲要走了，我们心急如焚却万般无奈，难舍难离更悔恨不已，内心深处燃烧着不可言喻的无名之火，羞于启齿的难言之愤。今天，我们泣跪在母亲脚下，要向母亲深深地忏悔：您的儿女在对您的赡养和孝心方面是有过失的，是不够格的。我们甘愿受到您一次重重的惩罚！

比起母亲的博爱、宽善、关护，我们至今深感惭愧、自责并悔恨终身！在母亲博大的胸怀里，她的六个子女，各自有了学业、家庭、工作，算是给她争了口气。她是十分满意的、自豪的、充实的。而在做子女的内心里，面对长眠地下的母亲，我们更加倍感我们的无能、无德、不孝与自私。我们的"无能"是因为我们没有任何办法、能耐和一线希望把母亲的病治好。我们的"无德"是医院建议再住下去必将是"人财两空"时，我们瞒着她的病情，把她接回家活活等着准备后事。我们"不孝"是因为父亲去世后六年来，我们谁都没有把她从老家接出，享一点清闲，歇一歇脚。我们"自私"是听任了医生的"人财两空"的话，不愿意再多为她花一点钱。我们对她的"孝心"仅仅停留在苍白的语言和口头上。

在我们嗷嗷待哺的日子里，母亲给了我们生命的乳汁；在我们学习成长的岁月里，母亲给了我们谆谆的教诲；在我们进入而立之年，母亲还为我们的幸福流淌辛勤的汗水，直至最后一滴血液……

在父亲瘫痪卧床的四年里，在父亲去世后的六年里，我们还不断地从她的手里接过并带走肉、面、油、菜等她的劳动成果、她的血汗！而在母亲需要关爱，需要依靠，需要陪伴的多少个日日夜夜，我们却一个个龟缩在城里，一桶水靠亲戚担，一把菜靠邻舍买，一片药靠亲朋取……

左邻右舍的人觉得我们姊妹都有孝心。实际上，我们对母亲的孝，对母亲的爱是一种错觉、表象。母亲活着的时候没有依靠过孩子，没有埋怨过孩子。母亲怕增添孩子的负担，怕影响孩子的家庭，在每一个孩子家去一回，也不多住上一天、两天。母亲觉得自己一手营造的家宽敞、明亮、舒坦。母亲想着自己身体好时决不连累孩子，母亲想着这个孩子拮据，那个孩子困难，永远为孩子着想。母亲用低矮的身子塑造出一个高大的"母亲形象"！

今天，我们深深地感受到在高大的母亲面前自惭形秽！这种惭愧必将让我们内疚一生！

母亲，您走后，我们在您和父亲一生营造的家，我们一个个诞生、长大、离去的家待了一段时日。这段日子，我们曾给您守灵哀悼，思罪悔过，品味您生前的诸多往事。从乡邻中得知，您得病前，还帮大家碾了一个月的场。每当听到乡邻们叙说您的事，我便心如刀绞，打开悔恨的闸门，任情感宣泄而奔流……

还有一位跟母亲相伴最多的王家婶回忆：母亲夏天帮她收麦时，发现母亲腿上青一块紫一块的。她问母亲怎么了？母亲说："也不知怎么，镰刀把一碰就青了，好长时间下不去。"

母亲得了"再生障碍性贫血"后，我了解了一些这种病的病因病理。听王家婶这么一说，我才知母亲得此病至少在半年前了。而在半年多时间里，我们撇下您一人在乡下不说，竟然无一人察觉您的异样，子女们是多么地粗心疏忽，多么地麻木不孝啊！

母亲在造血功能已出现障碍、供血短缺不足、身体十分虚弱的日子里，还念念不忘自己的诺言，帮邻居家家碾场，"还一年四季欠下的大家的情"！

"明年不碾了"，也许就是母亲对自己生命的一种预感，一种判断。"领娃娃"或许就是母亲对各种关切的一种回避，一种安抚，也可能是母亲对子女的一个寄托，一个期待……

读到这里，我要告诉各位晚辈——侄儿们，侄女们，尤其是我五岁半的女儿，就是我们的妈妈，你们的奶奶，在身体非常虚弱的日子里，永远没有忘记对你们的疼爱，时不时地表达着对你们最朴实的情感："孩子吃了吗？乖吗？"要记住，你们有一个永远疼你们、爱你们，人世间少有的好奶奶！

你们的奶奶带着无憾走了，你们的奶奶却把加倍的遗憾留给了她的儿女和生前好友。你们的爸爸、妈妈，你们的伯伯、叔叔、姑姑因为这种遗憾感到万分难过，万分悲恸！

五年来，我们深深怀念永远离我们而去的母亲，也认真思量着母亲的一生。母亲来到这个世上，虽然只走了短短的六十个春夏秋冬，但她的一生除了付出奉献外，不欠谁的情，不欠谁的债。母亲的一生是勤劳节俭的，是贤惠随和的，是无怨无悔的。

　　亲爱的母亲，二十世纪五十年代初，您嫁给了父亲，从此拯救了我们这个贫困潦倒的家。父亲参加抗美援朝后，是您为这个家撑起了一片蔚蓝的天空。父亲转业后，在县城工作，又是您在农村把孩子们一个个养育长大。二十世纪七十至八十年代，您还忙生产队、大队的事情，带领一村人修梯田、筑河堤、抢收庄稼，头顶星星，身披月光。一九八四年，父亲高血压瘫痪后，又是您的悉心照料延续着父亲的笑容和生命。父亲卧床的四年里，子女们多不在身边，是您像照顾一个孩子一样照顾着我们身高体胖的父亲：您给父亲勤洗勤换，父亲的衣服总是干干净净、整整齐齐的；您给父亲洗头洗脸刮胡子，还要帮父亲按摩、锻炼、活动筋骨；您给父亲做可口的饭菜，喂饭，帮助父亲大小便……四年如一日，不厌其烦，无怨无悔。您是父亲最牢靠的拐杖，让父亲放心地拄着，在农家的小院走出一圈圈夫妻晚年的恩爱、晚年的信任、晚年的乐趣。

　　每当我们假日回家，看到房前屋后整洁干净，屋内明明亮亮，一尘不染，在暖烘烘的热炕上，语无伦次的父亲乐呵呵的，我们感到这个儿女深爱着的家是多么踏实，多么温馨！

　　然而，我们至今也难以想象，多少年来，您在父亲与子女之间，您在亲朋和邻舍之间倾注了多少心血，多少汗水，多少牵挂。您燃烧了自己，化作一缕袅袅青烟。我们至今也深深感受到您的温度，您的光亮。我们在您的光亮下，延伸着矮小而高大的脚步……

　　母亲啊，我们亲爱的妈妈！现在我们又回到了您的身边，儿女感到很累，儿女想回到从前那个温暖的家，儿女想再喊一声"妈妈"！可是儿女永远听不到您慈祥而温暖的应诺了。儿女多么希望您能再看上我们一眼，多么希望您再唤我们一声"狗娃"！我们也多么想再见上您一面，再喊您一声"妈妈呀——妈——妈"！

不孝儿：平旦

公历一九九九年元月十二日

农历一九九八年十一月二十五日

给奶奶上寿

　　大概是二十世纪七十年代的事了。一大早，就闻见一股香喷喷的味道，只见母亲烙了一沓油馍馍，圆圆的，厚厚的，碗口般大小，共六只，整整齐齐地摆在厨房的案板上。

　　那个年代，农村贫困，个别家庭等不到天熟就揭不开锅了。父亲在外地工作，母亲又会过日子，我的家境要好些，吃粮上虽没问题，但烙油馍馍这样的好事还是十分稀罕的。

　　母亲说："今天是你奶奶的寿，你们几个给你奶奶上个寿去。"

　　"啊！怪不得呢。"我暗暗心想。

　　母亲把碗口大的油馍馍用手帕包好，放在一只手提兜兜里。我和二姐、三妹便嘴里噙着口水上路了。

　　去舅舅家要先经过一道四五里的大山沟，再爬上半架山，绕过半山梁向下一拐就到了。大山沟，有人行便道，沟床上有许多大石头。下了大雨，山洪暴发，石头就变样了，人行小道就不见了。没雨的日子，一条清清的小溪常年流淌，大石头白白净净的，一两只蓝白花色的水鸟，一边"叽啾"鸣叫，一边闪着长尾巴给行人引路。路边的小野花静开，小昆虫悠然，清静而祥和。如若累了，可以随便坐在一块石头上歇歇。遇上暖阳，还可躺在一处大石头上，热乎乎的，闭上眼睛，聆听阳光温暖而"丝丝"的声音。

往后沟走，要经过一个老荒滩，现在方知是个"古冲积扇"，滩面平坦开阔，长满绿绿的小草，滩边有一浅浅的小沟。听大人说，这地方古①得很，路过时一般不要在这里逗留。正午经过此地，常常会听到阴阳师"嗡嗡"念经的声音。有年夏天正午，我与二哥、小妹给舅舅家去送杏子。路经此地，突然，看见一个头戴黑瓜皮帽，一身青衣的老汉，在浅沟里直起腰又蹲下了。跟随我们的哈巴狗非常机灵，也似乎看见了，便飞快地向沟边狂吠着扑了过去。我也大喝一声，手握铁锹跑步追到了沟边。可是，那个青衣老汉却不见了，小沟里什么也没有。这让我们非常惊讶，一路上，我们便不停地转身，又四处观望，心惊胆战，毛骨悚然。

过了老荒滩，再行几百米，就要上山，山不高，却很陡，叫"哼猴咀"。"哼猴"是当地"老鹰"的俗名，也许源于老鹰的叫声而得名。因山体夹在两沟相交之间，像老鹰嘴一样向空中伸出，故叫"哼猴咀"。

爬哼猴咀是件很累的事，一般要歇上两三回。当时，我们还是七八岁的孩子，爬着爬着，就上气不接下气，小腿肚子也变软了，而手里拎的油馍馍却越闻越香，我们的小饥肠也"咕咕"乱叫了。

二姐提议，我们把油馍馍偷吃一个，还说反正奶奶也不知道母亲烙了几个。我们仨就把一个油馍馍小心翼翼地"偷着"分吃了。

"啊！真香。"我们还十分地想吃，但心里还是感到胆怯，最终还是忍住了。

舅舅家的这个村庄叫"涝池湾"，在半阴山洼里，住着十来

---

① 古：阴。

户人家，多数是舅家伙子里①，姓杨。村子虽小，但家家养狗，只要有陌生人进村，一家的狗叫了，全村的狗都会汪汪地追逐而来。其中，有一只远舅家的麻黄狗，既壮实又凶悍，吠声粗狂，尽往人身上扑，吓得人两腿发软，心儿"咚咚"乱跳。每次去舅舅家，我都要带上一根长鞭杆，做防身之用。

翻过山梁后，是一段下坡路，我们便屏声静气，蹑手蹑脚，只怕被那只狗察觉。不料，还是被那只大麻黄狗发觉了，远远地向我们狂吠过来，村子的七八只狗也向我们扑叫而来。二姐和妹妹被吓得两腿打战，乱喊乱叫。我让她们镇静，一边挥舞着长木棍，一边保护着她们前行。

到了舅舅家，上房炕上，奶奶见我们来了，惊讶而慈善地问："唉！这几个乖子②，你们怎么来了？"我们说明来意后，奶奶脸露笑容："还是你妈妈有心，每年都记得我的生日。"

奶奶裹着小脚，头发花白了，但白净而慈祥。她忙呼我们上炕，慈言善语，问这问那。我至今还记得，奶奶的光席炕暖烘烘的，花被子干干净净的。每次见到奶奶，总有一种若干年后读过的童话故事里的某种相像的感觉。

奶奶问："你妈给我上寿，带什么好吃的了？"

二姐把布兜兜儿拿到炕头打开。奶奶惊喜地说："嗯，一看就香。"紧接着，眉头突然一挑："你妈傻了吧，怎么给我上寿的馍馍是单数？"

我的心"咚咚"直跳。我们仨面面相觑，谁也不敢多说一句话。

奶奶看了我们一眼，还说了些什么，我已记不清了……

① 舅家伙子里：本家。
② 乖子：对小孩的昵称。

后来方知，母亲烙的油馍馍为双数，"双数"喻示着"平安健康"，"六只"含有"六六大顺"的意思，是有讲究的。

我在外地上学时，奶奶走了。那时通信不发达，家里也没人给我说。假期回家，母亲告诉我，二哥代表我们去了，一翻过哼猴咀山梁，二哥就号啕大哭，到了灵堂还哭得稀里哗啦，不少村邻惊叹不已，也感染了好多亲朋孝子。

女儿半岁时，刚刚六十岁的母亲走了。记得，舅舅他们一大帮子人一进家门，我们痛哭着抱作一团……

如今，我也当上了爷爷。兄弟姐妹，大多也当了爷爷奶奶。

一次，与表兄弟妹们围坐一起，酒过三巡，不知不觉地想起了母亲，想起远我们而去的那些骨肉亲情，也回忆起了我们共同的慈祥而和善的奶奶。我把给奶奶上寿时偷吃油馍馍的故事讲给了在座的兄妹，之后，我们含着笑容，又噙着泪花，一同起立，高高举起手中的酒杯，一饮而尽。

2021 年 10 月 5 日

王家婶

王家婶（简称"王婶"）是邻居，与母亲同龄。一生多舛，命运坎坷。记得，他男人是生产队保管员，嗓门大，声音粗，姓王。农村对女人的称谓，多随丈夫，我们就叫她王婶。

王婶，有过二夫。前夫英年早逝，后夫是前夫的堂弟，自然也姓王。王婶还是王婶。前夫留下一男一女，后夫生下两男三女。后夫的大儿子跟我同岁，叫"碌换"。

碌换出生时，王家爸（简称"王爸"）中年得子，喜出望外，又逢一九六三年庄农丰收，碌换"百岁"时便大办宴席，路过村子的陌生人都吃上了猪肉烩菜，村边学校的小学生每人都分得一块油饼……好不热闹。

王爸与父亲同龄。二十世纪五十年代，与父亲一样，当过抗美援朝的志愿兵，据说表现积极，也立过功。退伍后，父亲进城当工人去了，王爸回家当了农民。打我记事起，王爸好像一直是个生产队保管员，大家都叫他"保管"。

那时，保管权力很大。大场里麦子碾下了，堆积如丘。王爸手拎一块大木印，在麦丘盖上"丰收"大印，大印不启，即为禁地。另外，分个麦衣、鸡食、粪草之类，都是保管的大木锨说了算。王爸偏心与否，掌握着村民的饥饱温暖。据说，王爸既有同情心，又公平公心，他管的仓房干净整洁，各种农具摆放得整整齐齐，井井有条，还获得过全县的"优秀保管员"称号。

但没过几年，王婶也走了。

王婶，再一次守了寡。

长大后，常听有句话："寡妇门前是非多。"王婶守寡了，串门的人还真多，天黑点灯了，忙了一天农活的人，不知不觉就会凑到王婶家，聊聊天，说说话，谝谝闲传。谁家的女儿要出嫁了，谁家的媳妇要生娃了，谁家的老猪婆下崽儿了……王婶家就成了村里的新闻聚散中心。遇到阴雨天，王婶家更是人满为患，炕头挤的，地下坐的，雨檐下站的，窗台上探的，男男女女，老老少少，好不热闹。

王婶的消息也灵通了。她虽然大字不识一个，却凭着两只小脚，三寸之舌，怀揣王爸的立功证书，找公社，跑县上，愣是把前夫儿子的工作解决了。几年后，又把后夫儿子碌换的工作安排了！

自记事起，王婶一直是一个模样：圆黑脸、矮身子、罗圈腿、小裹脚、青衣服，能说、干净、热情，更能"叫哭"。据说，为了儿子的事，她把领导一个个"哭"服了，也"哭"软了：一个进了水泥厂，一个去了铁路上。王爸走后，她含辛茹苦，把几个子女硬拉扯大了。

小时候，时而听她带着哭腔："他贾家婶，在吗……"接着，便轻手轻脚，循门而入。王婶便不停地絮这叨那，不是女儿不听话，就是儿子不孝顺，七长八短，诉苦叫哭好半天。每次，好像天马上要塌了。大多时候，母亲一边干活，一边在听，罢了，母亲安慰几句。王婶便又抹着眼泪一摇一摆地离开了。不过一半天，门口一句"唉！他贾家婶，把人不死着"，带着哭腔，又来了……

父亲去世后，母亲一人在老家。我每回家，都能见到王婶，有时在她家门口，有时在我家。偶尔母亲不在家，我就去她家找，一般八九不离十都能找到。

母亲病逝前后，王婶几乎天天在，每日来好几回。她絮叨说，夏天帮母亲地里收麦，母亲的腿上青一块紫一块的……

秋后碾场，母亲一抖完场就在草垛上睡着了，醒来后说明年不碾了，要给老三领娃娃去……

王婶一边说着，一边抹着泪。把我们也就惹哭了。

母亲走后，每回老家，我不知不觉地要去看望一下王婶。见面寒暄后，她的第一句话便是："唉！我命苦着，不死着……把我死了，让你妈多活上几天，让好人多活上几年……"

说着说着，又开哭了。

我忙哄劝："您天天说要死了，死了，还不是好好活着呢。我妈从来没说过死，却已经走了好几年了。"

王婶，掏出黑手帕，擦擦泪："听说，好人命不长……"

以后，除清明节等一些特殊的日子外，我回老家也渐渐少了。

若干年后，大年三十，我回老家。有人说与我同岁的碌碡死了，死在了遥远的北疆，村邻去市里的高铁站接骨灰盒去了，当晚下葬……

之后，我来到村里埋人最多的走马湾，来到了碌碡深深的墓坑边，坑边是红漆未干的棺木，棺木的旁边，村邻说那是王婶的坟堆，上面长着稀疏的荒草，一看已宁静了多年。

我点燃一支烟，在她们母子即将相逢的墓地边站立了好久。

夕阳西下，寒风飕飕，几只乌鸦在不远的地埂边此起彼伏，"呱呱"哀叫。

2021 年 10 月 6 日

张 叔

——《耄年忆事》之序

　　张叔是父亲的老战友，在二十世纪五十年代初，他们作为热血青年，加入了抗美援朝志愿军，成了战友。从军结束后，他们多有来往，亲上加亲，便成了至交。

　　我上高一时，先通过张叔，再通过张叔《耄年忆事》前言中提到的史祯老师，从马河中学转到陇西一中。报到的第一天，先去了县城北关东巷的张叔家。面对乐呵呵的张叔和张婶，父亲开门见山地说："娃娃到城里上学，就交给你们了！"边说边把一沓儿粮票和现金交到张婶手里，"麻烦他张婶保管一下，孩子用完了让他来取，放在学校里就撇了！"张婶接过父亲手中的钱和粮票，说："你贾叔放心，我就给国江保管了！"

　　从此，我就两三周去趟张叔家，偶尔也帮张叔家干些杂活，有时晚了住在家里，与张叔的二儿子鹏达滚一张热炕。后来，两家来往频繁，我们晚辈也都相互熟悉。

　　我工作后的第一年，父亲病逝，烧纸的三天里，张叔来到农村老家，一直陪着把父亲埋入黄土。父亲的工作单位要致悼词，不了解父亲的基本情况，父亲的生平简介便是按张叔的口述整理的。父亲走后，每见到张叔就感觉更为亲切了，仿佛在张叔身上能看到父亲的影子。逢年过节，去看望张叔，就像看望自己的父亲，既是一种责任，又是一种亲情。

2011 年春节的一个晚上，我们弟兄仨等看望张叔，遇上鹏达一家回家探亲，女儿鹏霞与丈夫卫东也来了，我们给张叔又是敬酒、祝福，又是唱歌、说笑，好不热闹！酒过三巡后，张叔拿出一篇回忆父亲的文章让我们看。当时觉得文章中写了我们子女鲜为人知的几个片段，很感人。我便鼓动张叔多写，写好了出书！

2013 年 3 月，张叔的女儿鹏霞把一本打印的厚厚书稿转到我手里，既让我感到惊讶，又让我觉得沉重，一个八十多岁的老人，用颤颤巍巍的手写出了近十万字的书稿，就这种毅力和执着就叫人很受感动了！拿到书稿后，我粗粗过了一遍，又认真地看了大部分，后来把编辑的任务委托给学校宣传部的张慧副部长，几经大家的辛劳和协商，今天这本装帧和印刷还不错的回忆录与大家见面了！

我想，这本《耄年忆事》的问世，了却了张叔半个多世纪以来对亲情、友情的怀念和表达，了却了张叔对经历过的许多人和事的回忆和记述。读这本回忆录，仿佛在与一个八十多岁老人促膝对话，我们从中能感受到岁月的流逝与变迁，收获人生的感悟与启发！

2013 年 5 月写于承德，6 月改于定西

身正学高的老师　德高望重的校长

　　三十年前，我在定西中学高三补习，数学老师是一位上海人，叫郑长发。当时，他从会宁一中调来不久，说他是会宁人，课外又说着定西话，给人感觉他不像上海人，倒像一个北方汉子。那时，他年纪不过四十，身材魁梧，脸膛微黑，眼睛大大的，头发一边倒，浑身散发着干练和阳刚之气。

　　他的讲课最令人敬畏，有着一种无形的威严，他用他犀利的目光扫视全班，同学们不敢有半点走神，都"正襟危坐"，屏气凝神，不得不集中注意力，全神贯注。

　　他解题时，逻辑清楚，推理严密，循循善诱，一步一步推导，学生跟着他的思路走动，一道题讲完，我们也理解了，会做了。

　　他做几何或函数题，不用圆规和直尺，徒手画图——圆很圆，直线很直，要什么曲线就是什么曲线……信手拈来，妙笔天成。他在讲数列和不等式题时，讲到了一种正、反推结合证明方法，至今叫人记忆犹新。

　　他很少直接批评学生，课堂上偶有谁注意力稍一跑毛，就会有半截粉笔头猝不及防、不偏不倚正好落到身上，那学生立即清醒，全班同学更为专注紧张。

　　郑老师在课堂上很威严，课后却是另一种形象。课余时间，常常能看到他与同事们在运动场上生龙活虎的劲头，足球、篮球、排球、羽毛球、乒乓球等运动项目样样能来，且样样不差，看他的比赛，就像看一场精彩的表演！同学们常常议论："这个人怎么这么厉害！"我后来了解到他还爱好音乐，且吹拉弹唱样样能行。我常想，现在大讲素质教育，学生的素质往往令人失望，那时没有素质教育的提法，却造就出了他这样优秀全能的老师，真让人深思和感叹不已。

我的高一、高二是在陇西一中上的。当时学校有位数学权威，课讲得不错，人也很自信，每当讲到得意之处，就冒出一句口头禅："啊——以陇西城为中心，三十公里为半径，画一个圆，没有讲过我姓某的！"他一边拉着长长的腔调，一边在黑板上画圆比画，得意之形溢于言表，往往惹得同学们哈哈大笑。当时我对这位老师很佩服，心里认为数学课讲到这个份上也就够棒了。来到定西中学，听了郑老师的讲课，觉得还是山外有山，楼外有楼，他掌控课堂教学的能力，尤其是清晰的思路，严密的逻辑，比较归纳、举一反三、融会贯通的效果，都是那位权威老师望尘莫及的。郑老师上课，从不自吹自擂，对学生来说是一种愉悦的享受。每当这时，我心里自觉不自觉地想起并套用那位老师的话："以定西城为中心，一百公里为半径，画一个圆，恐怕没有讲过姓郑的吧！"

在定西中学补习了一年，我的高考数学成绩上升不少，总分也增加了一百多分，顺利考取了重点院校。我从心底里感激着郑老师一班人，如果不是得益于他们的教育和引导，我恐怕很难取得那样好的成绩。

后来在大学里得到消息：郑老师当校长了！当时我非常激动，也为他高兴。作为一名普通老师，一次性破格升任省级重点中学校长，这不论是在过去还是现在都很令人诧异。据说，校长是全校教职工民主投票推荐出来的，可见也是众望所归。

大学作为神圣的殿堂，我心想，教授讲课一定更精彩，但没想到偏偏我们的高数课老师令我大失所望，他操着浓重的方言，又带着一些让人难受的娘娘腔，听他的课本身就不舒服，更令人不可思议的是，他竟然还时不时地"挂"在黑板上，自己在云里，同学们在雾里！渐渐地，我对一直喜欢的数学也听不懂了，厌倦了。每当要上高数课，就像要喝一碗难咽的药，既反胃，又活受罪！每当这时，我就会想起郑长发老师，在心里默默呼唤："我们的高数让郑老师来上，该多好啊！"

大学毕业后，我被分配到定西教育学院任教。几天后，见到在定中读书时的班主任张振荣老师。他说："知道你今年毕业，我和郑校长专门跑到教育处要你去了，没查到你的名字，以为你没回来。"张老师还抱怨我说，"你跑到那儿去干啥！如果你愿意来，我们随时欢迎你回母校工作。"很惭愧，当时我还真没想过去定西中学工作。更让我感动的是，我一向最敬畏的老师、如今赫赫有名的校长竟然还记着四年前一个普普通通的学生，还特意去主管部门争取，真让我受宠若惊！

世间的事往往有着不可思议的机缘和蹊跷。二十年后，我被任命为定西中学校长，接替的恰恰是当年我最敬重、最钦佩的老师。组织部门谈话当天，我在市委门口等到老校长，他用有力的手紧紧地握住我的手，爽朗地说："欢迎你回来工作，也衷心地祝贺你！"二十年来，我第一次见到了他对学生开心而信任的一笑。几天后，我们师徒俩来到一个僻静的地方，像当年在课堂上一样，他毫不保留地给我讲了很多很多。他没有当年课堂上的威严，也没有卸任校长之后的失落，更多的是平易、愉悦和轻松，也许是弟子接任的缘故吧，他仿佛还有着一种无法掩饰的欣喜和释然。

我到定西中学后，遇上两件难事：一件是省级示范性高中的创建，要在当年达到省上评估标准和要求，难度不小；二是定西中学作为全市事业单位改革试点，要触动许多教职工的利益，不得不慎之又慎。有段日子，学校一班人白天黑夜工作，夜以继日加班。有一次讨论材料时，有两个老同志睡着了，老校长当时还兼着支部书记，却自始至终不知疲乏，精神矍铄，老当益壮，他还是往日那种耿直的性格，一身正气，坚持原则，还替我批评和得罪人。有时班子成员观点和意见不一致，老校长不但观念不陈旧，而且总是顾全大局，有意树立我的威信，主动让我拍板定夺！有了老校长的支持，就多了班子的合力，多了教职工的更大支持，我便能甩开膀子、大刀阔斧地工作，两件事儿在年内如期完成。现在回想，2004 年，是我人生中最劳累、最忙碌的一年，也是忘我工作、实现自我、工作效率最高的一年。这一年，如果没有一个高风亮节、敢于担当的好老师、老校长的支持，我的工作就不可能进行得如此顺畅！

记得学校改革结束后，不具备本科学历的十几位教师要划转到安定区初中工作，从市直学校到区县学校，从高中到初中，这个变化落差很大，让其中几位教师一时也难以接受，很有情绪。某晚，有几位教师喝了些酒，壮了点胆，便去老校长家闹事。第二天，我去看望时，老校长的嘴角有伤，毛衫肩膀处也被撕破。公安部门把情况查清后，向老校长和我做了通报，认为这几位教师的行为已构成刑事犯罪，按治安条例应处以两百元以上的罚款并十五天的拘留。老校长听后淡然地说："改革嘛，他们有情绪，可以理解，但我不同意对他们拘留。如果拘留了，他们将来如何站上讲台，我看还是以教育为主吧！"老校长作为受害人，在关键时刻表现出宽厚包容的胸襟，个人的安危恩仇早已置之度外！

与我共事一年多后，老校长荣退。我曾征求他的意见，想不想在致远中学过渡一段时间。当时的致远中学，由定中的几个退休老师操办，每月还有不菲的收入。老校长说："让我先休息一段时间再说吧！"就这一休息，七八年过去了，至今我再没见过他一面。

刚退休不久，我联系过他，他的电话停机了。后来，听说他在定西的房子也出租了，有的说他去了兰州，有的说他去了深圳，有的说他回了上海。两年后，我也调离了定西中学，关于他的消息也就更少、更少了。

作为他的学生，他的后任校长，我觉得有好多话想向他诉说，有好多情感欲向他表达，但错过了就失去了机会。我知道，他出生在全国最繁华的大都市上海，十几岁考入兰州大学，毕业后便留在了苦甲天下的定西，先后在会宁、定西工作，从教四十余年，成为我们的身正学高的老师、德高望重的校长，可以毫不夸张地说，他把自己最美好的青春献给了这片贫瘠的黄土地，把自己大半生的精力献给了这片黄土地上一茬茬渴求知识的贫困学子！

退休后，他就这样一声不响地离开了定西！我不知他究竟去了哪里，今又在何方，身体可安好！多少次，想起他，我总有一种冲动，总想对他说点什么，总想去拥抱他，可直到今天，我仅写了这么一点点文字，总算把心里的话说了出来，就算是与我敬佩的老师、敬重的老校长的一次会心交谈吧！

2013 年 6 月 4 日

（本文获甘肃省"我心目中的好老师"征文一等奖，在《未来导报》发表）

耿仁杰先生八秩寿宴祝词

今天是耿老八秩寿宴，从此进入了人之生命的耄耋之年。首先，我代表今天的来宾、学生、同事，向他老人家表示深深的祝福和衷心的祝愿，祝老人家福如东海长流水，寿比南山不老松！

耿老先生是我们在座各位尊崇的长者，是学生们敬重的恩师，是定西教育界的一位泰斗。他的生涯里充满着丰盈的学识，出众的才华，人生的通达。他的学识，众口称赞，教书育人，娓娓道来，旁征博引，生动风趣，给人留下了难忘的印象；他的才华，众人称颂，文化艺术，无不精通，演讲思辨，滔滔不绝，给人留下了阵阵的掌声；他的通达，众口皆碑，为人为师，身先示范，做人处事，明理通达，是我们人生的一面镜子。

记得三十八年前，我上高中时，就听说过耿仁杰这位高师的大名。十六年前，我去定西一中工作，耿老已经荣退了。当时定西一中面临全市人事改革和省级示范创建两大艰巨的任务，其中一项重要的工作就是要提高学生的升学率和教师的待遇，有一个关键的切入点就是恢复致远中学补习班的招生。在考虑致远中学的校长人选时，我就想到了他，一位德高望重的老校长、老书记。那是六月的一个日子，当他应邀到会时，手执牛仔草帽，满面春风，说："天降大任于斯人也，就再为学校的发展发挥一点余热吧！"有了致远中学的开办，加上示范创建，改革完成，教师的"菜篮子"津贴发全了，2004—2007 年学校的本科上线人数，由 248 人、448 人、667 人，达到了 825 人！

在定西一中的四年里，我一旦有空，就会去致远中学，就会去见见耿仁杰等一些前辈，与他们说说话，聊聊天，聆听他们的真知灼见、良策建言，也与他们结下了深厚的友谊。

定西一中工作过的好多场景，在我的记忆中，也在我的梦中。我把这些记忆和梦写成了诗，有一首诗就是写耿老的。今天，在耿老的八十寿诞之际，我将它分享给大家：

　　你是园中的智者
　　又是尊崇的长老
　　在我困顿时
　　你手摇牛仔草帽
　　满面春风，欣然
　　为我谋划了"致远"之梦……

　　于是
　　鸟在这里育为大鹏
　　兽在这里驯为天马
　　每年，都会有无数鸟兽
　　在此，腾空而起
　　遮盖天空

讲多了，重复一下前面的几句话，耿老的一生，学识渊博，才华横溢，通达处世，是我们的恩师，是我们的榜样，是我们心中的一盏灯，光明，闪亮！再次祝耿老：八旬春秋童心在，百岁日月福寿长！

谢谢大家！

2020 年 8 月 8 日

爱系学子山海情

昨天，学工办的同志拿来一份文件让我签发，一看，是发放今年"邵氏奖学金"的方案，勾起了我的诸多感慨。将近20年了啊，邵氏奖学金每年都在向学生发放，远在海外的邵子凡先生却一直未曾谋面，老人的身体可还安好？

于是我安排学工办的同志，组织今年受奖的同学给邵子凡先生写封信，感谢他老人家。我说："他已是个八十多岁的老人了，一位华人，长期居住国外，十几年里给我们的同学每年都要提供十多万元的奖助学金，受奖的人数还在逐年增加，我估计总数接近200万元了吧！我们要感谢他，也要教育我们的学生学会感恩。"

学工办的一位负责人插话："去年做过统计，受资助学生已超过500人，累计金额我们再核实一下。"

我补充说："如今不像十几年以前，大学生受资助也少，现在国家发展了，奖助学金的面大了，金额也多了，学生贫困的状况也大为改观了，但一些学生还是需要社会的关爱。我们也不能忽视这些来自好心人对品学兼优学生的奖励，他们是用自己挣来的血汗钱默默地资助和奖掖我们的同学，几十年了，雷打不动，年年如此，不容易啊！"

学工办的同志也颇有同感，表示要组织好受奖学生写好感谢信这件事。他们走后，一些往事像自己的影子一样，在我的眼前萦回，历历在目。

那是 2004 年年初，寒假后刚开学，经过同济大学的张佩英女士牵线，美籍华人邵子凡先生在刚改建的定西师专设立了"邵氏奖学金"，资助对象为每年录取的文理科前 5 名的学生，入学后如品学兼优，连续资助三年，直到毕业，成为一名合格的中小学教师。

一个天寒地冻的上午，我作为分管教学的副校长，陪同张佩英教授与第一批受助同学召开了座谈会。十名受助同学来到会议室，张佩英教授热情地走上前去，细声细语，像慈母一样询问每个同学的家庭状况。她有时拉着孩子们的手，把耳朵凑在孩子的嘴边，聆听他们的诉说。回到座位后，她动情地说："有位美籍华人，叫邵子凡，是位留洋博士，年过花甲。为了回报祖国，他想在国家的贫困地区选一所师范院校，资助品学兼优的同学完成学业，将来能够成为合格的人民教师。邵先生把此事委托给我，我就来到了甘肃，就选了你们学校——定西师专。我知道定西是全国最贫困的地区之一，定西师专也才从教育学院改建而成，你们是师专的第一级学生。我感觉，定西虽穷，但这儿的人很好，真诚、勤劳、朴实。你们学校能从成人院校改建为普通高校，说明学校的领导、老师能吃苦，能干事，能抓住机遇。我相信，你们这些受助同学同样有这样的精神和品格，会不负韶华，怀着一颗感恩的心，更加勤奋、刻苦、努力地完成学业……"

张老师动之以情，晓之以理，语言温婉，充满磁性，一席话引得同学们目光扑闪、眼泪哗哗的。每个同学都发了言，简单地介绍了自己的情况，饱含感激和真情。有名女同学，长得端庄秀气，衣着却十分单薄，发言时几次泣不成声。才知她是单亲家庭，父亲在外地打工，半年前出车祸走了，家里还有个弟弟在上初中，靠母亲一人维持全家生计，她在学校的生活费是亲戚凑的、邻里借的……

其实这时的我有个特殊情况。张佩英教授来学校之前，组织部门刚跟我谈过话，要调我到本市一所重点高中担任校长。看着张老师与同学们真情交流的场面，听着同学们动情的诉说，又想到自己很快要离开这所工作、生活了十六七年，与我一同成长、休戚与共的学校，心里像打翻的五味瓶，很不是滋味。主持会议时，我也感觉目中有泪，视线模糊，一度哽咽。我努力抑制着自己的情绪，恳切地说，希望受资助的每位同学学会感恩，感谢那些帮助过你们的好心人，感谢张佩英老师，感谢远在大洋彼岸的邵子凡先生。"吃水不忘挖井人"，你们要记着经常给邵子凡先生写信，与张佩英老师联系，让他们宽慰和放心……

几天后，我去定西一中当了校长。

数月以后，我接到一个来自上海的电话，传来张佩英老师温婉的声音："贾校长，我又联系了一位热心的企业家，他想在你们中学设一个奖学金，每年 5 万元。你拿个方案，并考虑一下给奖学金起个名称哟！"

这消息令我喜出望外，电话里我对张佩英女士再三表示感谢。之后我很快就拿出了方案，奖学金的名称想了好多，"希望""蓝天""大地""爱心"……但觉得大多重复，俗气，好久也没想出一个满意的名字。

几天后，又接到张老师来电："贾校长，奖学金的名字起好了吗？"我说："实在抱歉，还真的想不出个恰当的名儿。"张老师温和地说："您觉得叫小橘灯怎么样？"我眼前猛然一亮，马上想起冰心名作《小橘灯》，连忙说："好！好！就叫小橘灯好了。"

我感觉"小橘灯"这个名字十分雅气又寓意深远，喻示着我们的莘莘学子要学会做人，点亮自己，照亮他人，克服困难，走向光明，走向未来。

我在定西一中工作的四年里，遇到过不少品学兼优的贫困学子。有一位姓韩的同学，父母在市区租了房，父亲走街串巷，拾垃圾、收破烂，母亲料理家务，除了给父子俩做饭，还抽空到马路边给人擦皮鞋，补贴孩子上学，生活的拮据和窘困可想而知。韩同学很争气，当年毕业参加高考，全校理科第二名，被南开大学录取。一时引起社会和家长的热议。他上学的学费和盘缠都是一些好心人凑的，其中我也尽了一点绵薄之力。

有次，我经过西关市场到路边擦鞋，与一位擦鞋的妇女闲聊。我说我有一个学生的母亲，听说就在这儿擦鞋，孩子考上了重点大学。她停住手里的鞋刷，抬头看着我，惊喜地问："您就是贾校长？"我也惊异："你是韩同学的母亲？"她连忙说："我就是，我就是，娃娃能上得起大学，多亏您了！我们全家都不知道该怎么报答您！"

皮鞋擦完，我把擦鞋的零钱死活没塞到她手里，她反而给我的皮鞋里硬塞了一双亲手拉的鞋垫。临别时，她又真诚地说："校长，您每天经过这里，就让我给您擦擦鞋。"

这位韩同学的父亲后来与我家也有来往，我家里的纸箱、旧报刊、旧书籍攒多了，就让他来取。第二年，我侄子也考入南开大学，与韩同学成了很好的校友。有一年放暑假，韩同学还陪我去了趟我乡下的老家，一路上他有说有笑，见多识广，开朗健谈，又成长了不少。

如今，韩同学博士毕业后，在某都市化工研究院工作，成家立业，成为一名优秀的人才。

我想，像他一样，在我们这样一个和谐的大家庭里，得到过爱心帮助和关心的学子，不计其数，已数不胜数。而"小橘灯"奖学金，像它的名字一样，虽不张不扬，默默无语，但也发出了它的一份光亮！

若我不写这篇忆文，像邵子凡这样无私助学奉献的爱心之人，至今，或许鲜为人知；像张佩英那样热心助人而慈爱的身影，随着时光的流逝，也会被人渐渐淡忘。

四年后，我又回到定西师专当了校长。"邵氏奖学金"的受助面越来越广，不仅有师范类专业的学生，还有普通高职专业的学生。学校合并了定西卫校，与甘肃中医药大学合并后，又拓宽到了医药类专业学生。现在每年资助金额近二十万元。

为了纪念"邵氏奖学金"的设立，经我提议在学校的后山划出一块空地，让受资助的同学每人种上一棵柏树，命名为"邵氏林"，并立了一块牌子昭示于人。十多年过去了，邵氏林已变得郁郁葱葱，充满勃勃生机。受资助的同学，也一茬接着一茬，完成了学业，走出了校门，成为社会的有用之才。

记得，有一个受资助的庆阳籍女同学，毕业后分到家乡的小学任教。这所学校当时非常困难，她拍了些照片，又给邵先生写了封信，说明了情况。不久后，邵先生安排妹妹邵令修女士专程从非洲赶来，到学校核实情况。之后，又给这位同学的那所小学添置了一些办公用品。后来，邵女士多次从国外来到学校，看望同学们，跨越千山万水，其情其景，历历在目。

至今，我没见过邵子凡本人。前些年，与他偶有邮件来往，多是些客套的问候而已。几年前，我给他寄了一幅"高山流水"的书法拙作。他收到后，坐在圈椅上，拍了张手举字幅的照片，给我发来邮件，才算见了他的真容。只见他满头白发，满面笑容，满屋是书，紫框眼镜，穿着休闲而随意，一看就是个十分儒雅而和善的老人，令我肃然起敬。

这次签发了"邵氏奖学金"文件后，尚不知安排学工办同志的事，他们做了没有，我就先写下这段文字。我要告知大家，我文中提到的两个人，一位是同济大学经管学院的原党委副书记张佩英女士，十几年前，她除穿针引线给我工作过的两所学校设立了两项奖助学金外，还牵线搭桥为当初贫穷的定西建了十几所希望小学，走遍了定西的四里八乡，沟沟岔岔，曾被定西市政府命名为"定西荣誉市民"。前些日子，据说她到过定西，又匆匆而去。另一位，就是远在千里之外的邵子凡先生，他已是个耄耋老人，前些年听说得过一场大病，后来奇迹般地好了。多少年来，他心系我们的学子，数十年如一日，我与他唯一的联系方式就是邮件，也不知他一生从事什么样的职业，如今是否安好。但我衷心地祝愿他们：好人一生平安！

2021 年 12 月 19 日

作家王戈印象

1

王戈，又名王斌，甘肃陇西人。

老家有座山，叫新民大山。我的家在山脚下，叫柴家河。山顶有个微波站，王斌的家就在微波站下的半山腰里，叫茅剌沟。柴家河与茅剌沟，解放初同属泰安乡，乡政府就在我们柴家河村。大约在 1958 年，撤销了泰安乡建制，柴家河村划归马河乡，茅剌沟划归种和乡。我与他，虽属两乡两村，实际上只隔着半座山，要说直线距离，也不过一公里而已，可以说是地地道道的老乡。

儿时，我就听说过他的名字。有次一位长者说："王斌回来了，刚从河沟里上去了。"王斌是何许人也？从大人们的言语里，我隐隐约约感觉到，他是个在外地工作的人，在乡间人眼里，多少有点不同一般。

我真正认识王戈，是二十世纪八十年代初了。1983 年，我考上了陕西师大。当时文学很热，《飞天》杂志发表的一篇小说《树上的鸟儿》，获了全国优秀短篇小说奖，被广为传颂。我找来作品一读，印象很深。又看到作者介绍：王戈，原名王斌，甘肃陇西人，西安公路学院工作。

我感到十分惊异：莫不是老家新民大山的那个王斌？匆忙证实，果然是他，又让我万分惊喜。

　　我上学的那个年代，百花齐放，读书的风气很浓。王戈的小说获得如此大奖，他自然成为不少读者崇拜的偶像。我作为他家乡的一个学子，也倍感自豪荣光。一个星期天的上午，我邀了同舍的一位甘肃籍同学，就冒冒失失地去公路学院找他了。

　　王戈成了大名人，一打听他的住处，好多人都知晓。敲开门后，我自我介绍："我也是陇西人，老家在马河的柴家河，在陕师大上学。我们慕名而来，拜访王老师。"他一看我俩是学生，又来自老家，不等我把话说完，就热情地把我们招呼进门。

　　他家客厅不大，或许是家乡人的缘故，我们又是学生，他显得十分热情，一边端茶倒水，一边问些老家的情况。他也就三十来岁，风华正茂，又待人热情，感觉跟我们大学的年轻老师一样，自然而随意，也没有名人的架子，一下子拉近了我们的距离。半个上午，他从了解家乡的情况，到我们所学的专业，再到他从事的教学，以及他的创作，话题多多，乐意融融。中午，还被他挽留，吃了一顿"一锅子面"，我们才意犹未尽地离去。

　　1985 年，与王戈同村姓李的一位同学也考入了陕师大，我与他相约，又去过一回王老师家。那次，他问到了老家几个发小和熟悉的人，还讲了一些老家我们闻所未闻、鲜为人知的事儿。

2

　　我在陕师大毕业后，分配到了定西教育学院，给王老师去过一封信。不久，收到他的来信，是在带竖纹的宣纸信笺上用毛笔写的。之前，我并没见过他的笔墨，展开信，让我着实惊叹：王老师的字是那样优美，潇洒飘逸，柔中带刚，中规俊秀。几页信纸，犹如精美的小书法作品。这封信，我一直珍藏多年。

潮起潮落，时过境迁。二十一世纪初，在高校改革的大潮中，王戈供职的西安公路学院与其他几所高校合并，成为今天人们耳熟能详的长安大学。不久，王老师也退休了，居于北京。我所工作的定西教育学院，也改建为定西师专，如今又变为甘肃中医药大学定西校区。

几年前，我准备出一本诗集，就给王老师去了电话，向他咨询相关事宜。虽然好久没联系了，但王老师依然不忘旧情，十分热情地联系了人民文学出版社、作家出版社等几家出版社，并来电详陈了一些真知灼见。

相识近三十年后，2018年深秋，我与王老师又相见了。当时，我在北京出差，打电话想去看望他，他却坚决不从。我又邀请他一同去见一位老乡画家，他欣然允诺。甫一见面，一半句客套后，王老师有点自我调侃地道：“我是个快八十岁的小老头了，不中用了，你们到我家里来，连一杯水都喝不上，只能婉拒了。”接着微微一笑，“外面转转，散散心，倒是可以。”

我这才仔细端详，王老师似乎真的比从前矮小了。以前，也许是崇拜他，尊敬他，觉得他很高大。听他这么一调侃，加上北京已是深秋，天气渐寒，他穿着件红夹克，戴着个鸭舌帽，又不修边幅，还真像个“小老头儿”！

老乡画家，姓毛名雪峰，临洮人，是一个豪放爽快之人。离职前在新疆画院工作，来京后成立了“中国西部画院”，自任院长。我们来到他的画院，参观完偌大的画室，欣赏了他的一些画作后，便开始品茗闲聊，拉起家常，叨些乡情，畅谈时事，其意融融。一杯茶后，在我的提议下，王老师写了字，毛雪峰画了画，展示了各自所长。与我同来出差的一位同事，什么字儿都不要，只请王老师写了几个大字——"树上的鸟儿"。

晚宴，毛雪峰款待大家，尽地主之谊。几杯酒下肚，大家的身子骨暖和了，饭桌上的气氛也热闹了。席间，毛雪峰不失时机，请王戈给他写个画评。王老师谦虚地说："舞文弄墨的事儿干过，但画评还真没写过。"接着，又半开玩笑，"我一个八十岁的老头了，两眼昏花，也不怎么写东西了，恐会让您这个大画家失望。"

豪爽人自有豪爽人的长处。尽管初次相识，毛却不依不饶，不舍不弃，欣然起身，端起一满杯酒，另一只手按住自己的胸部，既豪放又恭维地说："您是名人，是大作家，我也算是有点小名气小影响的画家。您给我写了画评，我出本画册，就等于是如虎添翼。我先干为敬！"说完，一仰脖，干了。

王被毛的豪爽气打动了，连忙起身，一边作揖，又一边谦恭道："那我就试试。写不好，你别见怪。"

我觉得，王戈自己虽然说老了，但依然精神矍铄，温文儒雅，睿智多见，又乡情浓郁。

春节前，毛雪峰给我发来了王戈给他写的画评《雪峰重彩画的历史感和诗意美》。这篇画评旁征博引，多维组合，透视了毛雪峰画作沧桑的历史感和奇幻的诗意美，绝不是应景之作。读后，我回复毛："不愧为大家之笔，见解精到，令人钦佩叹服。"

3

有资料显示，王戈，1960年陇西一中毕业，1965年兰州大学中文系毕业，长安大学教授、作家，曾任过三所大学的系主任，小说《树上的鸟儿》获全国优秀短篇小说奖，报告文学《通向世界屋脊之路》获全国优秀报告文学奖，电视剧《江隆基》获全国"五个一工程"电视连续剧（编剧）奖。

王戈的作品，我读的最早的是他的成名作《树上的鸟儿》，后来零零散散又拜读过一些。有一篇纪实散文《看火车去》，写的是当年他在马河镇读书时，与伙伴看陇海线通火车。其中有段描写：他（火车司机）朝人群狡黠地一笑，放出一股水漉漉的烟雾，直冲人群而来，人们猝然惊慌："火车放屁了！火车放屁了！"跟我小时候的经历一模一样，至今记忆犹新，偶尔想起，忍俊不禁。

2018年重逢后，他给我寄来一本厚厚的书，即《江隆基的最后十四年》，逾百万字，讲述了北大原校长、后任兰大校长的江隆基坎坷奋斗的一生，读后掩卷深思，久不平静。

2019年秋，得知王老师要回老家，我与他联系，邀他来学校作了一场《人生与文学》的报告。他坐在报告席上，满头白发，面带微笑，以读者熟悉的他的作品《树上的鸟儿》《通向世界屋脊之路》为例，讲述他的人生经历和文学之路。他的语言幽默风趣，故事鲜活而生动，娓娓道来，掌声不断。他说："只要把活干好，总会有人看到。"一句最朴实的话，却诠释了一个深刻的道理。有人评价说，他的讲座真实中接地气，质朴中显性灵，生动中蕴教诲，深刻中藏大美。我主持和聆听了他的报告，觉得他不仅仅是个知名的作家，更是一个令人可亲可敬、富有教育情怀的老学者、老教授。

报告结束后，他给学校赠送了他的两本新书《王戈自选集》（小说卷、散文卷）。我通读了先生的文章，有几篇是写家乡经历、故土情怀的，一幅幅画面是那么生动而亲切，既流动在遥远的过去，又闪现在眼前当下。从他的文字里，我还感知，多少年来，他一直关注、关心着家乡教育的发展、文化的繁荣。只要是老家陇西的事儿，他就显得十分热心，只要是老家新民小学的事儿，他就乐于参与。那次，他突然提议并嘱咐我："你是陇西人，是诗人，应该写首《陇西之歌》，谱成曲子，让人们传唱。"我受到一种鼓舞，但又觉得笔力不济，不可唐突，只能抱愧于老先生的一片心意了。

常言道，树高千尺，叶落归根。王戈先生如今虽八十高龄，两个子女都在北京工作，本人也定居京城，但我想，他作为一个充满诗意情感的作家，富有初衷情怀的教师，新民大山有他心的港湾，那里永远是他灵魂的安乐之地。我写下这篇与他人生交集中的文字，记述一段师长与后学、乡亲与故友间真诚的交往、朴实的友情，也算是给自己完成一个美好而难忘的回忆。写到此，我突然感觉，自己至今对诗歌创作如此痴迷，对文学艺术如此神往，或许在不知不觉中受到了他的感染和影响。作为一个一山之隔的同乡人，借着此文，我也默默地向他顺致心意，祝他晚年幸福安康，能够常来家乡看看。

2021 年 10 月

毛雪峰其人其画

一、酒歌风流

认识毛雪峰是 2011 年夏天，在定西一家酒店，朋友说有个画家在邻包，让我去见一下。入席后，听介绍，他是"中国西部画院"的院长。仅此头衔，就很"吓"人。那个阶段，书画繁荣，非同一般，但凡是个画家，即可走南闯北，吃香喝辣，若是大家、名家，就更受人尊崇、仰慕。听他画院院长头衔，又来自皇城根下，那一定是大家中的名家、名家中的大家了。他的画，想必是一方千金、半幅难求了。之前，我听说，毛的骆驼画得十分出名。我想，为毛设宴、陪毛喝酒的人，或多或少想在他的身上沾一半根"驼"毛吧。

初次结识，得知他是定西临洮人氏，曾供职于新疆，现居于北京。初到场时，我已带点酒意了。在场的，也大多有几分酒意。我与他相邻而坐，一大桌子人，又是入席酒，又是敬与互敬，个个激情兴奋，相互不依不饶，大多一饮而尽。毛更是喝酒狂放之人，又起身邀我连碰数杯。酒桌上，不久就进入了"胡吹冒料、大话扬天、拉拉扯扯"的状态，仿佛大家都久别重逢，或相见恨晚……第二天，我便受毛之邀，陪他去了天水。

天水，一去就是一周。毛的交往很广，也是个见面就熟的人。每天有饭局，场场有酒喝，前簇后拥，称兄道弟，谈风土，叙乡情，侃名流，吹官场，海阔天空，江湖乱道，无所不及。给我的印象：毛就是个性情豪放、狂荡不羁的"江湖"，是个今朝有酒今朝醉、酒逢知己千杯少的"酒鬼"！

一周时间，他没画过半张画，偶有雅兴，仅写一半张字而已，也是应付一下场面。回天水后的当晚，在其下榻处，好不容易，他才算静下心来，在盈盈灯光下，在两本小册页上，画了几张小品。其中，给我画了大中小三只骆驼，大的昂首向前，中的陪伴身侧，小的尾随其后。用他的话说，就是寓意我们一家人，我、妻子、女儿。这次，我不但沾了一些驼毛，还收获了几只骆驼，也算不虚此行吧。

二、一"展"风采

与毛雪峰接触一周，他与我谈得最多的一件事，就是想在定西办一场个人画展。他说，作为定西人，少小离家，以画谋生，能在家乡办场画展，便是一件"报效父老、衣锦还乡"的事儿，也是他艺术创作生涯的一个夙愿。他突然话锋一转，又不容商议地说："在你们定西师专给我搞一下。"

我想，定西师专作为本地唯一一所高校，一向包容而开放，又开设艺术类相关专业，开展文化艺术交流，那也是办学之所需，分内之事。之前我们也多次举办过类似活动，画展之事，也就"一拍即合"。

2011年秋，经过近三个月的筹备，"著名重彩山水画家——毛雪峰个人画展"在学校隆重开展。当天，地方党政要员、社会各界名流，尤其是省内及当地书画家、爱好者，云集上千人，前来祝贺观展，学校美术系的师生也参加观摩学习，画展办得非常隆重而热烈。画展前后，地方多家媒体也做了广泛宣传报道，"毛雪峰"这个名字，便在定西的这块艺术园地上声誉鹊起。

毛雪峰的此次画展，展出作品近百幅，分"花鸟人物""胡杨骆驼""重彩山水"三个板块。"花鸟人物"，为他早期作品，以牵牛花（又名"喇叭花"）最为出彩。他曾长期供职于新疆画院，生活在新疆，"胡杨骆驼"是他的成名之作，也是他中期作品的主流，或许也是他做人和艺术创作的一种精神象征。"重彩山水"就不同了，应该是他艺术创作上的巅峰之作，大漠风光，天山明月，千仞冰峰，七彩雄岩，或以仰望，或以俯视，或以透视等不同的多维空间，大胆突破，浓墨重彩，创作出了一幅幅摄人心魄、令人震撼的大幅作品，也彰显了他独具风格、自成一家的艺术特色。重彩山水画，把他推向了一个不少艺术家望尘莫及的新高地。

与毛相识的十年间，我与他接触较多，也去过他北京的画院，欣赏过他更多的美术作品，对其人其画的了解进一步加深。有次，酒后兴致，我与他神侃，我言他的画可概括为三个阶段，即花鸟工笔阶段、大漠胡杨阶段、重彩山水阶段，并分析了各阶段的不同特点。他很惊讶，说有好多人给他的画写过评论，但没有人如此总结过。你这么一说，倒还真是那么回事儿。又用不容置疑的口吻说："那你给我写个画评！"

三、梦想图腾

前些年，书画市场异常活跃，书画作品非常走俏。受此风气感染，我与书画人相见、相聚也较多。某日，我的一位书画老师请我一坐，邀了当地几个书画人作陪。几杯酒下肚，什么"杨劲大""王劲大"、这"大师"那"泰斗"的，互相吹捧，天花乱坠，仿佛万般皆下品，唯有书画高。其中有一个写字作画的，傲气十足，瞧不起这，瞧不起那，甚至出言不逊，藐视一切，仿佛在座的唯自己最有能耐。在这乱哄哄的场面中，我端起一杯酒，站了起来，也开了"狂"："各位，我敬大家一杯酒。敬酒之前，我奉劝大家一句话，不要以为自己会画两张画、会写几个字，就有什么不得了、了不得。常言道，求字求人品，挂画挂德行，艺术人生，人生艺术，还望大家切记而深思。"一盆冷水，让众"艺术家"哑口无言，也平息了当时桌上的乱局。

毛雪峰却不一样，他的画大气，做人也大气。那次在学校搞完画展，他就把十多幅作品无偿地留给学校了。不像一些所谓的画家，觥筹交错之际，口若悬河，大话连篇，过后却装糊涂，言而无信，敝帚自珍，小家寒气。

画展之后，学校聘请毛雪峰为美术专业客座教授，他爽快答应，除指导示范师生外，还拿出自己的积蓄，设立了"雪峰助学金"，连续多年资助一些贫困学子完成了学业。我提议受到资助的学生，每人在学校后山种一棵树，被命名为"雪峰林"。如今，"雪峰林"已枝繁叶茂，郁郁葱葱。

毛雪峰性情豪放，处事豁达，交友广泛，担当仗义。他就是以这样一种直白的方式，回馈着故土情，感恩着家乡人，情系着困难的学子，期望着我们的艺术教育能够后继有人，发扬光大，梦想和践行着他人生艺术的社会价值。

几年前，我又欣赏了他新出的一本大型画册，许多作品，又有了新的突破，尤其是他的独树一帜的"重彩山水"，就像他的人生一样，五彩绚烂，画面壮观，气韵通透，风骨尽显，一览众山，俯视苍穹，让我更为惊叹，更加震撼。即使像我这样的一个书画外行，也能深深地感受到它视觉的冲击力，它迷幻的光影元素，它丰富的题材组合，它炽热的情感表达。正如著名作家王戈先生所评价的，既有"沧桑邈远的历史感"，视通万里，思接千载，又有"奇幻瑰丽的诗意美"，诗中有画，画中有诗。

"大漠孤烟直，长河落日圆。"他画笔下的大漠戈壁，雪山峡谷，多彩雅丹，胡杨驼峰，寺庙古迹，明月残阳，悠悠牧歌，把一个画家对天地自然的敬畏和历史文化的感知融入到血脉之中，也把一个热情而粗犷，坚毅而血性的西部汉子的激情发挥到了极致。他的艺术创作历经灵魂与自然的神秘地融合与碰撞，犹如一个奇幻的传说，在一个独特的宇域，不停地绽放异彩，不断地图腾而升华！

2021 年 11 月

从一幅字想起韩正卿老人

近日，区图书馆的两位女同志到学校考察，我在校图书馆楼道正好碰上她们。其中一位我认识，五十多岁，她爱人我熟悉，就邀到办公室小坐，我称她为"老嫂子"。小坐间，她拿出笔记本抄写我墙上的一幅字，我感到很惊讶！一是现在很难有人如此对学习感兴趣，走到哪儿，留心到哪儿，学到哪儿；二是，抄写他人的东西，起码应先征求一下主人的同意。

"啊！老嫂子真爱学习。"我感动而又略带点不悦地说。

"我感到这幅字画内容写得很好，想抄下来。"她没察觉到我语气的另一种意思，很纯朴地一边回答，一边继续专注地抄写。

实际上，我对字画不太懂，既不爱好，更没研究，对字画的理解就是普普通通的一句话："喜欢了，就是字画，就有收藏价值，见到名家的就会如获至宝；不喜欢了，说白了也就是一张废纸！"

我有不少书画界、收藏界朋友，他们相聚时偶尔邀请我，酒过三巡后，他们之间就互相吹捧，云里雾里，天花乱坠，我就时不时地把这一盆冷水泼过去，让他们的头脑清醒清醒。

老嫂子这么细心地注意到了这幅字，并把它抄写下来，显然属于书法爱好者、喜欢者一族。后来我把此事讲给一个朋友听，朋友说她也在画画，她的一幅画要卖几百上千元呢！老嫂子原来是个画家，怪不得如此执着，"处处留心皆学问"啊！于是，我对她多了一分理解，多了一分感动。

我墙上的这幅字，其实是一次偶然得之，说起来话头也就长了。二〇〇三年九月，定西师专成立挂牌，我们去邀请省政协副主席韩正卿，适逢家有客人来访并索要韩老的墨宝。我们顺便也凑热闹，说能否给我们各写上一幅。老人淡淡地说，把你们的名字留下，以后有机会再写。当时，我想或许是老人家累了，或许是借故推辞，就没往心里想，只是按老人的吩咐，把名字留下了。我们本来就是请老领导参加学校的挂牌庆典的，要不是其他来客求墨宝，我们也不能乱搭这个车。

学校挂牌时，韩老不失约，按时来了。他是来参加挂牌庆典为数不多的几个省级领导之一，也给我们增添了不少荣光，我们感到很欣慰。字画的事，当时很忙乱，谁也没提到过，我想谁都没想过。

大概是挂牌后几个月吧，有个熟人打电话，问我在不在单位，说韩老给我写了一幅字，要送来。当时，我很惊讶，也很感动。我想，韩老那么高的年龄，那么大的官职，那么多的事务，怎么还记着我们这些无名之辈一个小小的请求。

字送到后，更叫我感动的是，韩老不仅是给我写了字，而且给我作了一首藏头诗：

国运亨通民安然

江水滔滔激漪涟

同甘共苦育壮苗

志在桃李更鲜艳

勇气冲开智慧库

攀月折桂九重天

高处一览众山小

峰回路转学神仙

一看就明白，藏头诗里嵌着："国江同志勇攀高峰"一句话，字里行间渗透着老人对我这个晚辈谆谆无私的勉励和寄予的深情厚望。这可真是一件来之不易的墨宝啊！

不久，我就把这幅字裱好，装了框，挂在了我办公室的墙正面，只要我抬头，就能看见。六年来，我换了两个单位，搬了五次办公室，而这幅字，我一直挂着。有人说，挂字："一挂人品，二挂艺术，三挂官职。"韩老在二十世纪八十年代，当过定西地委书记，后调到省引大入秦指挥部任总指挥，后任省政协副主席等要职。他每走过一个地方都留下好多感人的故事，给当地老百姓办了不少实事好事，可以说是有口皆碑！退居后，他又能静下心来写字读书作诗写文章，可谓"德、艺、才、品"一应俱全。一件小小的请求，老人家言而有信，亲自为后生作诗挥毫，托专人送到我的手中，真叫人感动得一言难尽！

我把他的诗挂在墙上，觉得这是我的骄傲，也默默表达着对老人家的一片崇敬之心。

实际上，我与韩老也仅仅是几面之交，见了面韩老不见得认识我。可是，韩老的做人、为官，却是我的一面镜子，我虽做不到，但常心向往之，不管我走到哪里，搬什么样的办公室，都把这幅字挂在墙上，用这幅字时时地提醒我、鼓励我、鞭策我。

后来，我的博客名也不知不觉地起名为韩老诗中的"江水滔滔"。

说实在的，我还得真诚地感谢区图书馆的那个老嫂子，是她的无意之举，叫我忆起了这段往事，写下了这段粗浅的文字。事过多年，现在回忆起来，一个刚强、坚毅、睿智、果断而微微有点驼背的老人，至今，仍然历历在目，令人肃然起敬……

2009 年 9 月 15 日

立体　通透　壮阔

黄土情韵——颜重鼎从艺 50 年画展有感

　　时光如梭，岁月如歌。恰在一年收尾之际，　"黄土情韵"——颜重鼎先生从艺 50 年画展在甘肃中医药大学定西校区揭开了序幕。

　　颜重鼎老师从艺 50 多年，艺术成就非常丰硕，是我们定西市乃至全省知名的画家。这是他从艺 50 多年以来举办的第一次个人画展，在这样的时刻展示自己的艺术成果，可以说汇聚了他艺术追求的最成熟作品。举办画展前，他找到了我，希望我们定西校区给他提供一个场所。我与颜老虽然仅有过一面之交，但以前也看过他的一些作品，熟知他是一位德艺双馨的艺术家，心中仰慕已久。他提出这么一个诉求之后，我欣然答应，并招来我们学前教育学院的院长和美术教研室主任，让他们全力以赴，积极配合好颜老的画展工作。本来这个画展在十月下旬或者十一月上旬就要举办，由于疫情的影响推迟到了十二月中旬。其间，作为承办方，为了搞好这次画展，从展室的灯光、挂展，到场景布置、氛围营造，我先后召集了几次协调会议。

　　颜老师完成布展后，我第一时间看了这些作品，它们令我非常震撼，感到有必要趁此机会把他的作品在更高层次和更大范围进行推介，就把颜重鼎的简介和作品的照片一并发给了中国美协主席、中央美院院长范迪安教授，并请他为颜老师的画作写个短评。范迪安先生看了颜老的作品后也十分认可，只是带有歉意地回信说："年底工作太忙，实在腾不出时间，评论一事暂不能落实。但是颜老师的画作立足西北，画风壮阔雄浑，具有强烈的生活气息与地域特色。"为表示重视，范迪安主席挥毫题写了一幅"黄土情韵"的展名，委托我转赠给颜重鼎老师。

黄土情韵——颜重鼎从艺50年画展开幕当天，定西市四大班子的领导，艺术界的各位前辈、朋友，社会各界的书画爱好者和颜老的亲朋好友们莅临学校，让疫情后校园再一次充满了旺盛的人气和热烈的氛围。颜老师一幅幅用心血绘成的水彩、素描、版画和油画作品，令人想到他多年辛苦而执着的从艺经历，感动与喜悦不禁油然而生。

颜重鼎老先生共展出了120多幅作品，是他从艺50年的1400幅作品中精挑细选出来的，应该说是上品中的上品，精品中的精品。我虽然是个书画外行，也能看出他的作品或惟妙惟肖、栩栩如生，或意境深远、雄厚壮美。在当天的致辞中，我也谈了对颜老师画作的认识与理解。开幕式过后，我又数次走进展室，面对作品，仔细欣赏，用心揣摩，看得多了，也有了一些粗浅的认识。就他最具代表性的油画作品而言，我有三方面的强烈感受，那就是：立体感、通透性、壮阔美。

第一，立体感。我曾看到不少油画作品，总感觉有种平铺直叙之感，平面性较强，立体感不足。而颜老师的作品通过光影的组合、结构的布局，把眼前的景物简直画"活"了，冰山雪峰、黄土风情、古堡村庄，在他笔下都是立体的，这是好多画家难能企及的。当天在场的，许多是在省内外有影响的画家，不知对我的这种看法认可不认可，但我觉得颜老的画就有一种立体的"筋骨"。

第二，通透性。颜老的几幅白杨林油画，可以看到林后的远景，他画的圣湖有静谧的意境，可以说画中有画、景中有景，透视感非常强，你不管是平视还是俯视，都给人一种丰富的层次色彩，让人感觉通透而舒美。

第三，壮阔美。这点正如范迪安主席的评价："画风壮阔雄浑"。颜重鼎脚踏黄土地，大多数作品是我们黄土高原上的现场写生，基本忠实于描摹对象的原生状态。我细数了一下，仅他所熟悉的大碱沟的作品，就有二十几幅。颜重鼎先生把这些简单的自然风光通过精神的提炼和内心的升华，变成了真切的艺术作品，不少画作场面壮观，令人惊叹，就像有人所说："让黄土地放射出宝石般的异彩。"评论恰切之至。

通过近些天画展期间的接触，我觉得颜老师虽不苟言笑，但他内心光明而温情，是个耐得住寂寞、守得住孤独、视艺术如生命的人。他对艺术心存敬畏，才对艺术无比虔诚。他不会夸夸其谈，不谄酒歌风流，不去趋炎附势，不屑世态炎凉。50年来，他曾肩挎行囊，背负画材，冒风雪，穿泥泞，跨草地，踏遍了家乡和西部的黄土高坡、古堡遗址、陇上人家、茶马古道，用执着书写大地之声，用坚韧描绘万物风情，用心血点燃千山万水，创作出了一幅幅"立体、通透、壮阔"的时代与生命相融的艺术画卷。这样的艺术家，更令我们叹服和敬重。

同时，我想利用大学校园资源支持社会文化名家举办艺术作品展览，应该说是大学的一种责任，也是大学文化交流、服务社会的功能体现。再说了，我们中医药大学定西校区原本就是一所以师范类专业为主体、有着40余年办学历史的高等院校，美术专业也是我们开设较早、实力较强的特色专业之一。这里有几十位美术专业老师，他们当中有中国美术家协会会员，也有省美协会员。画展这样一个平台，可以给我们的教师、学生提供更多学习交流的机会。这可能是我心里潜藏的对于我们的老师和学生一点小小的私心吧！

2021 年 12 月 14 日

父亲节札记

　　二十四年前，父亲离开我们走了，十八年前母亲也离开我们走了。父亲走时我已工作，母亲走时我已有了女儿。父亲走后，我成了个"没大"的"孩子"，母亲走后，我就变成个既"没大"又"没娘"的"孩子"了。在父母的眼里，子女永远是长不大的。在子女的心中，父母永远是崇高而神圣的。父母走后的若干年来，我心里总感觉空落落的。

　　这些年来，看到父母的同龄人依然健在，他们谈笑风生，其乐融融，心中顿生羡慕，心想这些老人多么幸福啊！对老人的子女偶尔也生羡慕，你们有什么烦忧啊！你们的爸妈都还活着，已经很幸福了吧！

　　早早失去父母的子女，对父母的那种感受，与父母已至耄耋之年的子女相比，那是完全不一样的。我常常看到，有的老人八九十岁了，颤颤巍巍，或语无伦次，或疾病缠身时，子女们大多嫌烦，甚至希望一个个早点入土，正应了"久病床前无孝子"那句古话。可是对于我这个近二十年没有父母的人来说，见到所有亲朋的老人，常常情不自禁地默默祝愿他们长命百岁！我深知，父母一旦走了，就再也回不来了。

　　父母回不来了，最好的自我安慰就是遇到清明节、寒衣节等祭日时，在父母的坟上多烧几串儿纸钱。去年，在寒衣节之后，我好长一段时间无法走出对父母的思念，便写了《寒衣节——写给父母的怀念》一文帮助我走出消沉。

进入现代社会，尤其网络时代，一些传统节日、规定节假日，还有一些洋节日，夹杂在一起，好像三天两头在过节！母亲节过去不长，马上又是个父亲节。打开手机，网络上、信息里有不少关于父亲节的话语。大家也清楚：有不少祝福短信，就是通信公司早已编写好，趁着过什么节，诱导大家成千上万次地相互转发而赚大钱的，但人们往往还是为了一种轻描淡写的感情"一触即发"。久而久之，慢慢对这些"节日"之信息就有点麻木，也习以为常了。

昨天去殡仪馆为一位朋友的父亲烧纸，回来后九点多就睡了。半夜三点醒来，翻了翻手机，看到了女儿凌晨零点零秒发出的一句短信："祝老爸父亲节快乐！"女儿的信息，就像大年除夕的第一串鞭炮，第一时间的第一秒"爆"出。我想，女儿大概也是把祝福的短信早早写好，等待零时零刻的一"摁"吧。可见，女儿是真诚的。感谢女儿！

就是来自女儿第一时间的这条信息，让我又为她工作了半个夜晚。女儿高考完，就上兰州"休闲放松"去了。我把她准备报考的财经类专业志愿，对着当天刚刚拿到手的一本厚厚的招生指南，从"提前批"到"一本""二本"，一边看一边勾画，直到天大亮……

实际上，三点多看到女儿的信息时就想给她回复个信息，怕把她吵醒了，就没回。直到为她忙完才回复："谢谢宝贝女儿！爸爸三点钟醒来给你看报考志愿到现在了。昨天拿到《高校招生指南》一书，爸爸基本思路已明晰。回来后交流。"便迷迷糊糊地又睡去了……

早上，收到另一个"女儿"父亲离世的消息，又想到上午殡仪馆里的那位"父亲"又要在"父亲节"这个特殊的节日化青烟而去了，突感心里五味杂陈，不是个滋味。

而自己作为一个既"没大"又"没娘"的父亲，心想自己离世多年的父母也许与这绵绵而厚重的黄土早已融为一体了。顿感，人生既是那么温暖，让人充满期待留恋，又是那么无常，叫人无可奈何。

那么，在自己的有生之年，我还能为亲爱的女儿多做些什么呢？

2011 年 6 月 19 日

忆全有同学

9月8日，收到"老包子"的一封邮件，是讣告："各位同学：咱们亲爱的马全有同学不幸于2012年9月7日下午六点因病在西宁去世，他的离去使我们失去了一位好同学。为了寄托我们的哀思，根据部分同学的提议，现以邮件的形式讣告各位同学，同学们可用不同的方式（前往、唁电、捐款等）吊唁。马全有同学的治丧事宜由刘永丰同学全权安排，请同学们与刘永丰同学联系。"这消息令我震惊！震惊之余，我打电话给永丰。永丰说他正在去湟川的路上，现在怎么个情况还不清楚，到了之后再回电话。

老包子姓包名中海，大学时的班长，当时就显成熟，我们叫他"老包"，有些崇拜他的女同学背地里称他"老包子"。老包毕业后留校，后又辞职，经营过超市，张罗过餐饮，开过金钨矿等。2007年夏，同学二十年聚会，主要是老包、永丰和西安的海燕、进福等几个同学组织的。班上49个同学，主要来自西北五省，毕业后大多回到各自家乡。组委会确定每个省一个联络人，被戏称为"省长"，甘肃的"省长"是我。聚会报到那天，单位有要事，兰州、临夏的文军、雪艳还有二班的兴礼、惠丽四个同学拖家带口先到了定西。等我把事忙完，下午六点多才坐一辆十多座的面包车向西安奔去，一路上还下着雨，赶到母校的住处时已凌晨四点了。

这次聚会，我比较惨！加了两天的班，又在路上熬了一夜，走之前也没顾上"备课"，翻翻当年的毕业纪念册，吃早点时头还懵懵懂懂的。二十年没见了，同学有的胖了，有的老了，大多变样了。见了面，先是相互考对方："我是谁?"有一大半儿同学，我答不出他们的名字。当时十分尴尬！

全有同学，我一眼就认出了。他是青海高原上的一条汉子，脸微黑，典型高原色，与二十年前的体型、长相、声音都没什么两样，一见都很兴奋，我们相互拥抱！

上大学时，全有内向，与其他同学接触不多，与我接触却相对多些。我俩都来自农村，有许多共同话题。我记得，从母校图书馆走阅览室要经过三楼的一道长廊，有一天在和暖的阳光下，我俩一会儿爬着水泥墙，一会儿又背靠栏杆，海阔天空，闲聊了半个下午。

同学聚会，除集体活动外，一般是各投其好，自由活动。两三天的时间，主要跟包子、仁青、永丰、丹平、进福、瀛涛……几个一起"吃喝玩乐"上了，连当初关系十分要好又是同宿舍的如彪，因他带着家属要去看病也没多说上几句话。全有，仿佛也就是一面之交，重逢时的一个紧紧拥抱而已。

2009年夏，我到青海，给全有打去电话。他很兴奋，接罢电话，不过半小时就急匆匆赶到了聚点。他很热情，也很大方，一会儿要请我吃饭，一会儿又要请我喝酒。我说与永丰已约好，放在晚上，就在永丰的茶楼，多叫几个同学，晚上再乐。他就先带我逛西宁，逛累了就坐在湟水岸边，聊工作、聊家庭、聊孩子、聊同学……五花八门，胡拉八扯。

我发现，全有有一种特别的爱好：嗜酒。在逛街的时候，他不知在哪儿搞了半瓶白酒，一半个小时，不知不觉，半瓶白酒就下肚了。后来，我们又打的到了市中心的南山公园，进门前他又买了半瓶5元钱的白酒，随即打开瓶盖，急不可耐地"吮"了一口，然后拎在手里。上山途中，待一会儿他就要抿上一口。我再次感觉到，他不仅仅是嗜酒，简直是嗜酒如命！我劝他，这样喝酒可不行。他说："没事儿。"

到了山顶，我俩在草地上席地而坐，他便半醉半醒地说："我非常想见你，你给我出出主意，学校要开除我，我该怎么办？"

我问："学校为什么要开除你？你犯了什么错？"

他说："我近两年没上课了，也不想上班……"

聊着聊着，他从口袋里掏出一摞厚厚的稿纸，对我说："你是大学校长，我给我们的校长写了封信，你参谋一下，看能不能给他？"

我接过信，看到稿纸上字体很大，写得很乱，七八页纸，是分几个时段写的，有几段讨好、奉承、巴结校长，有几段又怒骂、质问、威胁校长，前言不搭后语，充满自相矛盾。我深深地意识到：我的这位老同学出问题了！恰好，永丰来电，问我在哪里，快下山吃饭，还说继红同学也快到了！下山的路上，全有把剩下不到一半的酒瓶狠狠地甩在路边的草丛中。

晚饭前，永丰悄悄对我说，本来老同学远道而来，应该好好喝上几盅，但全有在，喝酒管不住，咱们就不喝了。

离开青海后，通过继红，我了解到全有的病情，与我的判断如出一辙。后来，我接到过全有的几次电话，一次说合伙做青海老酸奶的生意，一次说他已光荣退休了！我与他开开玩笑，无非是以老哥自居，说他要赚那么多钱干吗，退休是件好事之类的话，冠冕堂皇，开导开导他。此后，再没联系，也没接到过他的电话，一晃又是两年。

对全有的病情我大略猜到一二，但是他这么早就走了，还是万万没想到的。二十年同学聚会，返程时雪艳、文军、惠丽，她们坐火车返兰州了。天水的文元和二班的世安、忠义同学与我顺车同行。没几个月，噩耗传来，世安走了！世安的离世给我们一个警钟：人生短暂！三十年河东，三十年河西。二十年阳间，二十年阴间。为世安的早逝，三年前与全有在湟水河岸还一同感叹过。没想到，三年后，全有也就这样不吭不响地走了。

我又打电话给老包，问我们究竟该做些什么？老包说那就只好给家属些钱嘛，或者说以其他形式慰问慰问。我与如彪又通了电话，如彪却说，人已经火化了。大家都觉得很惋惜，最终也没有想到一个究竟该安慰谁、如何安慰的好办法。逝者已去，不了了之。

昨晚，我也喝了点小酒，早早睡去，凌晨四点钟醒来，突然感到人生如梦。又想起此事，便爬起来写下这段回忆的文字，也算是对全有同学表达的一点心意吧。祝我们逝去的好同学在天之灵安息！祝我们健在的好同学健康保重！

2012 年 9 月 18 日

辑三

碎影拾零

纱帽咀

二十世纪八十年代，我大学毕业，就分配到这所学校任教。这所学校的前身是农学院，后改为教师进修学校，我进校时称教育学院。当时，说是一所学院，其实非常寒碜。校园杂草丛生，沟壑纵横，几排砖房，陈旧破败，有的当教室，有的当宿舍。最大的建筑是一座大礼堂，据说是农学院时期建的，唤作"萃英堂"，虽是砖木结构，却很有气势。学院背依后山，中高侧低，远观与古代官员的纱帽肖似，人称"纱帽咀"。

教育学院初建时期，因有地利之便，老院长高维天先生几经协调和争取，占地四百多亩的纱帽咀成了学院校产的一部分。高院长不苟言笑，但眼光超前，这个甚有远见的举动，使得学院经过后来的绿化和打造，成为莘莘学子学习、休闲、娱乐的理想之地。

纱帽咀向阳而坡陡，此地又十年九旱，曾经黄土裸露，长年光秃秃的。我来这里工作将近四十年，每年春秋季节，学校都要组织师生上山栽树。久久为功，现在已是绿树成荫了。

把纱帽咀打造成为一道具有文化气息的风景，是几代学校管理者的共识，其间也有不少鲜为人知的故事。二十一世纪到来，高等教育蓬勃发展，教育学院改建为师范高等专科学校。学校计划建几条上山的砖石人行步道，并在沿途和显眼位置建些楼台亭榭等人文景观。这么陡的山，距离又这么长，手里还没有资金，运输建筑材料就是大问题。当时的校长崔振邦和负责后勤的副校长李涛想了一个很妙的办法，就是把学生早操改为爬山，早操时每人至少带几块砖上山，就用这种蚂蚁搬家的办法在山间修上了水泥砖石台阶路，山顶建了楼阁，给学校增添了灵气。再后来，我担任了校长，把政府下达学校的绿化任务争取到了后山，也就是纱帽咀。又把洮河水引上了山，利用社会资源建起了雪峰林、邵氏林、励志林。经过许多年的接续努力，纱帽咀渐渐变得郁郁葱葱了，也成了学校的后花园、学生的读书园。我在内心里有一分自豪，也有一分满足。

近些年，洮水穿校园而过，雨水似乎也多了，得社会发展和风调雨顺之益，纱帽咀更有精气神了。遇到阴雨天，远山巍峨苍翠，云雾缭绕，亭台楼阁，隐隐约约，宛若仙境。春季，杏花漫山；夏季，绿意盎然；秋季，红林尽染；冬季，白雪皑皑。四季变换，各呈其态，颇有一番景致。

三十多年过去了，这所原来的成人高校也变成了普通高校，又成了某大学的校区。如今，楼宇林立，洮水潺潺，环境优美，书声琅琅。学校背靠散发灵气的纱帽咀，按当地人的说法，就是出人才之宝地，现在成为名副其实的人才培养沃土了。

春夏季节，若有闲暇，与同行登顶，拾级而上，绿丛掩映，鸟语林间，谈天说地，无不舒心优哉。登上山顶，或许已是气喘吁吁，大汗淋漓，但见亭阁岿然，和风温润，校园风光尽收眼底，四周美景一览无余。山间，野花静静开放，鸟鸣婉转，偶有野兔出没，山鸡呱呱而叫……颇有物我两忘，畅抒胸怀的意趣。

走在校园，我偶尔会抬头仰望，只见纱帽咀巍然屹立，就像坚守着这片土地的一个哲学巨人，默默凝视着脚下这片文脉畅流的土地，让我肃然起敬。

2021 年 10 月 14 日

洮河渠

二十世纪五十年代，家乡曾经搞过一个巨大工程，叫引洮工程。当时，人山人海，彩旗飘舞，群情激昂，摆出百里长蛇之阵，会战于高山深谷，峻峰旷野，想着把洮河之水引入这片旱塬，滋润世代干渴的土地。但是由于技术条件等多种因素的限制，这项巨大工程最终还是黯然下马了。

半个世纪后，引洮工程再次启动。经过科学谋划，精准设计，艰苦奋战，历经数载，清澈甘甜的洮水终于流进了饥渴的陇中大地，圆了几代人的引洮梦。

我工作的校园，最初有一条浅浅的溪沟穿过。自我见到它，就是一道干沟，沟道弯弯曲曲，长满杂草。溯源而上，三四里外，有一座水库，名"青年水库"。水库有一道水渠延伸至校园，就是这条浅沟，又叫"青年渠"。

当地人说，青年渠是备战渠，谁也不能动。多少年了，像一个怀才不遇的少年，就这样无言地忍受着、寂寞着、等待着，做了几十年的"流水"之梦。

洮河水引来时，青年渠的梦突然醒了，引洮的支渠要沿青年渠而过。一夜间，也唤醒了渠边所有期盼的目光。工程队即将进校的日子，引洮指挥部一大批人马先期进入校园，衔接开展施工的一些事儿。带队的负责人姓郭，当过邻县的书记、县长，我和他彼此熟悉。就十分热情地打着招呼，带他们一行人来到了我的办公室，给他们沏茶倒水，海阔神聊，好不热闹。但当我得知要穿校园而过的洮河渠竟然是一道暗渠时，我原本火热的心一下子变得拔凉拔凉了。

我着急地问："把我们的暗渠改为明渠行吗？"

郭答："不行。"

我问："为什么？"

郭说："设计已经定了，我们只能要求按图纸施工。"

我辩驳说："设计是人设计的，不是不能变呀？"接着我又恳切道，"您是总指挥，能不能帮我们协调一下？"

郭面有难色，推托道："那要看省上了，我说了不算。"

……

我和郭你一言，我一语，争执了半天，也没个好结果。最后，我撂下一句"狠话"："不变更，就不让你们进校施工！"

指挥部的人走后，我心里总是惦记此事，心想，若修成明渠将来有水穿过，就会成为校园一景。有水，校园就活了，就有了灵气。而暗渠呢，一个"暗"字，黑暗、阴暗、灰暗……不可多想。此事，不能坐失时机，不了了之。

当时的书记叫杨声，我与他沟通后，就一并去找市长。市长姓常。我说："市长，引洮工程要经过我们校园，设计上是暗渠，能不能改成明渠，明渠将玉带缠腰，暗渠即暗流涌动……"

市长听了我的说辞，微微一笑，让我们去找一下省设计院的王院长。

这时杨忙插话："市长能不能先给王院长打个电话？我们再去找。"

市长没吭声，随即取过桌边的手机，翻了一会儿，拨打出去。电话接通，双方都很热情。客套几句后，市长委婉地说：

"拜托一下院长，能不能把定西师专校园的洮河渠变为明渠？他们的书记校长要求可强烈呢。"

"可以，可以。我马上给你们改了。"只听对方十分爽快地应诺。

令人不可想象的事，反而往往就这么简单，让我突感柳暗花明，遂转忧为喜，心花怒放。

之后洮河渠施工时，学校全力配合，施工用水用电都是学校免费提供。渠道修成后，学校又花钱设计，建了护栏和小桥，立了个景观石碑。不久，一条欢唱的河就这样穿校园而过了。

如今，沿渠边步道而行，或在渠间小桥驻足，只见洮水潺潺，波光粼粼，渠岸垂柳依依，黄鹂鸣啾，渠边学子谈笑，书声琅琅，洮河渠成为校园一道美丽的风景。我将问心无愧，倍感欣慰。

每天来到学校，我有个习惯，都要来到渠边，看看洮水流淌，听听水声欢唱，心情顿觉舒畅而愉悦。每当有客来访，我总会带他们来到渠边，讲讲青年渠与青年水库的故事，讲讲明渠与暗渠的故事。大家听了，总是报以赞誉和笑声。

几年前，我也写过一首《洮河渠》的诗，记述对这段往事的怀想，寄托了对洮河渠的眷恋：

盛夏
从洮河渠边经过
我想起明渠和暗渠的故事
明渠，将玉带缠腰
暗渠，即暗流涌动
于是，一条欢唱的河

在大梦里穿越

每天

踏上这片土地

我要做的一件事

就是来到渠边

与她默默打个招呼

让我想起

高原上的一次邂逅

脚下的绿野

远方的冰川

2021 年 10 月 15 日

洮　砚

　　砚是一种久负盛名的中国传统手工艺品，为文房四宝之一，是中国书法必备用品。由于质地坚固，传百世而不朽，又多被历代文人作为珍玩藏品。

　　中国的砚石以"四大名砚"著称。四大名砚，即广东的端砚，安徽的歙砚，山西的澄泥砚，甘肃的洮砚。有资料说，洮砚既有自然天成之温润，又有人工雕琢之精美，比端砚、歙砚更为文人雅士所喜爱。

　　洮砚产于甘肃古洮州，即今天甘肃南部卓尼县一带，以老坑石最为著名。老坑石储量很少，很难采集，特级老坑石早在宋末就已断采，每得一块特级老坑石相当于得到千年古董。

　　小时候，记得家里有方小砚台，但很少使用。要过年了，父亲写个对联什么的，就会拿出一小方块墨棒，在砚台中倒入少量水，让我们不停地旋磨，直到黏稠度适宜为止。后来，很少有人写毛笔字了，那方砚台也就弃之不用，久而久之就不知去向了。当时，也不知什么叫名砚，更不懂得珍藏，只记得那方砚台上有一个大缺口，做工也不怎么精细，想必是穷人家用的一般砚石罢了。

　　对砚石略有了解，是二十世纪九十年代末期。经过十多年的改革开放，人们的生活明显富裕了，文化教育也得到新的重视，一时便兴起了书画热、收藏热等雅好，作为文房四宝之一的砚石自然受到了青睐和追捧。我也渐渐结识了洮砚。

那时，定西市区有几家洮砚店，急用了，我们偶尔会选上一两件小品赠送客人，价格不菲。有时，去京城办事，就去兰州精挑细选。兰州有家公司，叫"甘肃省洮砚公司"，展厅内洮砚有大有小，种类繁多，千姿百态，琳琅满目。据报道，1997年香港回归，该公司开发了一方巨型洮砚，由甘肃省政府作为贵重礼品赠送给香港特区政府。

因常来光顾甘肃洮砚公司，我跟那里的人也就混熟了。经理叫赵成德，岷县洮河边人，人们都叫他"赵砚娃"。"砚娃"估计是与他做砚台有关，又顺口好记，大多数人就戏称他砚娃，倒是忘记了他的本名。赵砚娃文化程度不高，自称放羊娃出身，但敢闯敢干，从背着几块小砚石走南闯北，到成立以"甘"字头冠名的洮砚公司，就是靠当初的那股冲劲、闯劲成长起来的。

二十一世纪初，学校谋划升办定西师专，由一所成人高校改建为普通高校，可谓是定西教育史上的一件盛事。学校管理层的几个人，便北上京城，南下沪浙，跑"部"前进，四处化缘。洮砚便成了我们结交朋友、联络情感的上佳选品。

2003年年初，一次与赵闲聊，赵说他没上过几天学，出门像个睁眼瞎，是他此生的最大缺憾。现在挣了钱，为了回报家乡，就在岷县办了一所民办学校，叫"成德中学"，但秋季就要开学，还缺课桌，更缺师资，恳请我们支持一下。当时，我分管教学，院长崔振邦让我和他洽谈此事。作为一所师范院校，支持地方基础教育本是分内之事。我与赵一拍即合，达成了合作意向：我们给他提供80套课桌，开学后选派5名学科教师支教；他承诺在师专成立挂牌时捐赠一方大型洮砚。

秋季开学之际，我带着师专部分教师，参加了成德中学的开学典礼，搞了课桌捐赠仪式。赵也信守诺言，定西师专挂牌之前，即将捐赠的洮砚如期运达学校。记得，洮砚被卸下车后，太大太重，搬上一辆铁架子车，压得架子车"咯吱吱"作响。往教学大楼抬，十几个民工，还有几个教职工做帮手，连抬带推，用劲太大，连几处花岗岩台阶的边儿都压破碎了。

这方洮砚，长 1.75 米，宽 1.2 米，厚 28 厘米，重约 2 吨。形如中国版图，周边镂空雕花，56 朵鲜花，竞相开放。中心位置是一个直径约 60 厘米的砚池，圆形砚盖雕刻天安门城楼，环绕以 56 个民族服饰的人物，栩栩如生，象征着祖国欣欣向荣，各民族和睦相处，故起名"中华民族大团结砚"，由著名书法家启功题写砚名。砚石眉端，刻有时任全国政协主席李瑞环的题字："办好定西师专 服务地方经济"。下款题"定西师范高等专科学校成立纪念，甘肃省洮砚公司赵成德敬赠，2003 年 9 月 25 日"。整块砚石，由一块完整的墨绿色砚石雕琢而成，选料上乘，造型奇美，是一块难得的文化艺术之品。当时估价，这块砚石价值在千万元以上。学校特制了一座不锈钢架，镶红色底座，白鸭绒垫底，洮砚安放其上，覆以水晶玻璃护罩，置于主教学楼大厅。砚石旁，立一块此砚简介的铭牌，师生过往，来客造访，驻足观瞻，无不称奇惊叹。可以说，它是至今全国高校中体量最大、做工最精、造型最奇的一块洮砚，成为洮砚中的上品，也成为学校的"镇校之宝"。

自定西师专成立至今，近二十年了，这方巨砚便一直静卧于此，泰然而自若，宁静而安详，沉稳而端庄，莹亮而温润，日复一日，年复一年，默默守护着这片厚重的热土，聆听着琅琅书声，凝视着一代代莘莘学子，从这里走进，又从这里走出……

几年前，这方砚石突然出现了奇异的变化。一个炎炎的暑期之后，在砚池的下缘，一左一右，隐隐约约，渗出了两小潭儿水，酷似一双"龙眼"，从此不再干涸。这让我的心里感到惊喜欣慰，又增添了几分担心忧虑。喜的是，这方砚石，仿佛突然显灵，预示着这方她守护多年的园地将要有一个新的转折和腾飞；忧的是，她又似乎是"两眼汪汪"，与这片故土总是那么难舍难分，仿佛默默诉说着不尽的感慨，无限的留恋。

　　如今，我不知向多少人介绍过这方砚石的由来，讲述过她的故事，也不知她是否是史料里记载的老坑石雕琢而成，因极为稀有，而今成为无价之宝。我想，她曾藏而不露于幽暗的地宫，隐迹潜身于洮水之岸，就像一个温润静美、柔情不语的女子，有一天终于遇到了她心仪的郎君，把她带向了令她神往的远方，这儿曾阳光明媚，鲜花盛开，彩蝶飞舞，果实飘香。而她的情怀、她的爱恋，像这片土地上朴实而热情的儿女一样，已与她所坚守的这方厚土深深地融为一体。

2021 年 10 月 8 日

开车历险记

晚饭后，想开车溜达一圈，出门后，又漫无目的，就上了"和谐路"。世纪之交，定西大坪村生态治理成效显著，为构建美丽和谐乡村树立了典范，久久为功，大坪村在国内名噪一时，被称为小康"示范村"，坊间就把通往该村的路称为"和谐路"。

和谐路我二十年前走过，当时是带地理专业学生实习，讲黄土高原水土流失综合治理。青岚乡花岔流域的治理比较典型，让同学们了解"山顶戴帽子，山腰系带子，山麓穿裙子，山脚蹬靴子"的种草植树、兴修梯田、筑堤打坝的生态景观。也不知当时把这条路叫什么路，以后若干年再没走过。

今年五月，一位朋友开车送我，突然提议拉我走走和谐路。还说让老哥走走和谐路，看能不能时来运转。他车速较慢，我当时情绪确实不佳，一边听他说仕途上有坎坷的人常常走这条路，以沾沾喜气，求人事通和，谋腾挪变化；一边漫不经心地看着周围的风景，觉得除交通比二十年前有所好转外，其他没什么两样。我不明白，大家经常来这里，要看些什么，能看些什么……

自四月领取驾照以来，西岩山、新城区已去过多次，周边上兰州、去通渭、行临洮、赴陇西的路都走过数遍了，觉得一点新鲜感没有。走到大十字，突然产生一个去处：和谐路！一回味，唯独和谐路就在市区边，自己却去得很少，更没有驾车单独走过。

上了和谐路，约七点了。慢速行车，攀山而上，天色渐晚，道路弯弯曲曲，两旁是低矮的柏树，山坡上是稀稀疏疏的柠条和一些叫不上名的植物，车窗外是呼呼作响的大风……

一个人开车，还是比较孤独，我挂上三挡，加点油门，放快速度，不知不觉到了一处山鞍的分路口。一条路通向大坪村，是宽敞的沙土路，就是小流域治理示范村。一条是柏油路，也没看见有什么路标，不知通向哪里。我直接上柏油路继续前行，渐渐感觉越走越远……

当我犹豫不决准备返回时，正好前面左侧有条便道，我念头一闪，想都没想就开了进去。进去后才发现这是一条小道，平常可能除自行车、摩托车外，最大的车不过是通往庄户人家的三马子。小路顺地势沿黄土山坡开凿，左右两边是陡坡，我谨慎地驾驶着桑塔纳轿车，车辘辘尽量往里靠，两眼紧盯前面的路，后视镜都不敢多看一眼……

这时，天色已麻呼呼的了，到了一个稍宽敞的三角地带，一条路翻过山梁下了，一条路继续朝前。下车观察地形，感觉这里不好倒车，向前步行了几十米，也看不到路的尽头，心想前面一定有能倒车的地方，即使没有，也会有另一条路相接，"条条道路通罗马嘛"！我一边自我安慰，一边继续向前慢慢开着，发现路比刚走过的更窄，渐渐变成羊肠小道了。我的心与车一样一颠一簸地晃着、摇着、晃着……有一种听天由命的感觉。

又向前走了半里，到了一个山梁上，是一个"丫"字形地带，我停车观察，又有两条小路，一条顺山梁而下，土路已变成长草的小路；一条沿小沟而下，路尽头的沟坡上隐隐约约有两三户人家。天色已彻底暗了下来，山梁的周边死一样沉寂，连一声狗吠都没有。我想，掉头只有在此地了！

我做了几口深呼吸，镇定了一下心绪，脑子里盘算着倒车的线路和方向，感觉有一定的把握。我把车沿山梁向前行了几步，停车，倒挡，半联动，右后转，慢慢地倒在沿沟而下的小路上。但当我拉手刹，停车时，感觉车还在后退，我猛踩脚刹，车停住了，也熄火了。我重新打火，急打方向盘，挂上一挡，一边抬离合，一边踩油门，还没来得及放手刹，发现车又在后退，急忙又踩刹车，车又停下了，又熄火了。我感觉全身在冒冷汗！我重新打火，抬离合，踩油门，放手刹，车却上不去，好似前轱辘在急速旋转，打滑，我又急忙停车。我感觉，车已到沟边上了，再后退就会掉下三四米高的地埂。我紧紧地拉着手刹，又踩着脚刹，心想我的车就要掉进"深渊"了，我马上要面临车毁人亡了！

　　我又做了几次深呼吸，再一次稳定情绪，调整心态，盘算着如何才能在这陡坡上冲上去。我先微调了一下方向，鸣笛，试着把离合慢慢抬起，发现车子在轻轻抖动，我把脚快速挪到油门上猛轰，放开手刹的一瞬，车忽地一下冲了上来，我急打方向盘，急踩刹车，车头已掉转过来。我下车一看，车的右前轱辘离前面的悬埂边不到二十厘米。我借着车尾的灯光和远处灰蒙蒙的晚霞，查看了后轱辘印，右后轱辘已经有几次超过了埂边。真悬啊！也许是还有三个轱辘落在实处，才没有酿成大祸，真乃不幸中的万幸啊！

　　我重新上车，把车倒正，然后慢慢返回，心还在"咚咚"地狂跳！四五只夜鸟顺着车灯的强光一停一歇地在前面引路。我想，这些夜间的"小机灵"再不会把我带到另一个"墓坑"里去吧。我狠狠地按了几声喇叭，小鸟不见了。

　　当我小心翼翼地走出小路，进入柏油路时，我下车长长地出了几口气。车外的狂风很大很猛，感觉把山上的万物要掀翻卷走。山梁上伴的月亮很大很圆，已经升得很高了。我伸了伸腰，举起双臂，对着远山、对着苍穹、对着月光大喊了几声，又做了几个深呼吸，便钻进驾驶室，打起车窗，放开音乐，慢慢上路了。不久，又回到了和谐路上。经过某一地段时，看到夜色中的定西市区就像一个彩色的三角板一样华丽。

我一边驾驶，一边猜想着，也许，有人开了一辈子车，都没有我今天的历险和刺激！

2010 年 7 月 28 日

隐隐约约的地震

深夜，被老伴唤醒："老贾！老贾！地震了！"老贾感觉床在微微晃动，又见悬顶灯"咯吱咯吱"正在摇晃……

老贾睡意正浓，感觉地震已过去，又闭上了眼睛。老伴又唤老贾几次，催老贾起床。老贾迷迷糊糊地说："要起你起，我不起。"

老贾继续蒙头而睡。隐隐约约听见老伴说："我被摇晕了。"隐隐约约感觉自己也有点晕乎，悬顶灯还在"咯吱咯吱"晃荡着……

老贾拿过床柜上手机，在刺眼的光屏下，双目半睁半闭，一看2：08，便接着蒙头大睡。

不久，隐约听见女婿给老伴打来电话，说兰州震感强烈……

不久，又隐约听见坐在床边的老伴说："青海发生了地震，7.4级……"

早上，老贾大梦而醒，背靠床头躺在床上，翻翻今日头条，又翻了下百度地图，未见人员伤亡报道。想给青海的几个老朋友打个电话，他们都是30年前大学地理系的同学，翻了下他们的微信朋友圈，一看西宁的永丰刚刚发了一组《周末·用音乐说早安》的曲子，想必他们都平安着呢，大清早的，又是周六，打什么电话，算了。比如说那个酷爱摄影也写点小诗的藏族同学仁青多杰，他家在黄原，离震源最近，也未见任何动静，估计这会儿还在蒙头大睡呢！

老贾侧身，一看四岁的小孙儿鱼娃子还酣睡着，光着两个圆圆而嫩嫩的胳膊，嘴角的微笑一动一动的，好似正做着一个快乐的梦。

至于，昨晚究竟震醒了多少人，摇晕了多少人，这个没人注意，估计谁也说不清楚……

新的一天又开始了。

2021 年 5 月 22 日晨

上海趣闻

　　近日，随一朋友 W 去上海浦东新区法院，旁听一个物业方面的案子，说是旁听，实际上是凑热闹，因为他们大多用的是上海方言，我几乎一句都听不懂，只觉得他们像鹦鹉斗嘴一样，好可笑。

　　至于案子，实际上是 ZD 住宅小区的一件物业案子。物业公司上诉个别住户拖欠了几年的物业费不缴，小区户主不缴物业费的理由是物业服务跟不上，便对簿公堂。住户们也不是饶爷爷的孙子，开庭之前，互相通气，商议对策，达成共识，聚成合力，真有点搞不出点名堂誓不罢休的样子。

　　本来，案子按规定应是一册一案，分时分段单个进行，经业主签名申请，征得法官同意，就合并一起，联合审理。

　　三家人按约定下午两点半就到了，法官还没到，业主们在等待的过程中，又是一番叽叽喳喳的统一思想，好不热闹。

　　实际上，我觉得大多是一些鸡毛蒜皮的事，作为在浦东高档住宅区生活，想必又是高收入的家庭来说，真有点小题大做。我想也许与金融危机有关吧，否则，他们不会花上如此宝贵的赚钱时间去干这费神费力又吃力不讨好的事。

　　法官 ZH 和 SH 本来就迟到了，是两个年龄不大的女孩子。物业公司的律师代理 F 更迟了，业主们趁代理还没到又是一番对空轰炸。等 F 律师到后，先叫 ZH 法官和业主们劈头盖脸的一顿狂轰滥炸后，才进入了案件审理调解过程。审理由三十岁出头的女法官 ZH 主持，另一个二十岁左右的女孩 SH 做笔录。不久，物业代理和业主就因意见分歧嚷嚷开了，甚至一阵一阵乱成一团……

作为一个旁听者，我感到这不是在法庭上，也感到这如果在法庭上，就不是在国内的法庭上。我时不时地成了主持"法官"，劝劝我的朋友，提醒在别人发言时不要打断，大家都嚷嚷，谁也不知道谁说啥。可是，越吵越厉害，越厉害越听不懂，开始时大多普通话，后来是上海普通话，再后来就是干脆搞不懂的上海方言了……

业主中，有一户两口子都会说上海话，男的，姓楚，年龄大些，好像是地地道道的上海人，业主们把他尊称为"楚先生"。一户姓时，是个年轻人，胖乎乎的，说一口流利的普通话，敢肯定是外地人，上海话一句也不会说，我估计大半也听不懂。另一户业主就是朋友 W，上海话会说一些，不太地道，可听得懂。而法官、代理律师是地地道道的上海人，后面说的全是上海话。

案子还没有调解结束，那个不会说上海话也听不懂上海话的时先生借口有事已提前离开了……

案子经过近三个小时的乱嚷嚷之后，双方算是各发扬了一下姿态，做出了一些让步，调解终于达成一致。各自好像也较开心，欢笑而散……

法院庄严而肃穆的大门外是一条崭新的黑色柏油马路，跨过马路就是开阔的花岗岩广场和绿色的草坪，五月的天空飘移着柔润而霏霏的云霞，一群银色的鸽子在高空不停地盘旋……

我的朋友拉着我的手，向前走去，对我开心地一笑说，闹着玩的。

2009 年夏至

把好事做得实实的 把实事做得好好的
——民盟中央真情帮扶定西回眸

题记：作为一名民盟盟员，我把这篇文章放在自己的博客中，收到自己的集子里，希望有更多的人看到民盟中央帮扶定西的一个个真实事例。

闪耀着马家窑彩陶灿烂光华的定西大地，是一块文化积淀丰厚的圣地，也是一方曾经被贫困折磨的瘠土！

二十世纪七八十年代的定西，实实在在是一片"苦瘠甲于天下"的苦地。在这年降雨量仅 300 毫米且自然灾害频繁的土地上，"山是和尚头，沟里无水流。十年有九旱，岁岁人发愁"。这里的大多数农民过着"全天两顿粥，草皮做燃料"的贫苦日子，甚至连人畜饮水都十分紧张。一遇干旱，党和政府都要组织大量汽车从远处拉水，渴急了的牛马一听到汽车喇叭声，便疯狂地奔向汽车，就连飞鸟也尾随水车低翔……

如今的定西，已摘掉了贫穷落后的帽子，展现出欣欣向荣的新面貌。这里满山满坡梯田流韵，沟岔梁峁绿树郁郁葱葱，青草生机盎然，梯田里洋芋花开赛牡丹，胡麻结籽黄灿灿，农民家家有余粮，家家有水窖，不但解决了吃饭饮水问题，而且还通过发展畜牧、养殖业走上了脱贫致富奔小康的阳光大道……

定西大地的沧桑巨变，得益于党和国家领导人的关心支持，也得益于民盟中央 20 多年来的倾力关怀和帮扶。

在定西人民沐浴着改革开放和西部大开发的春风，以"人一之，我十之；人十之，我百之"的苦干实干精神再造秀美山川、治穷致富的伟大实践中，陇中大地留下了以费孝通为代表的民盟中央三代领导人深深的足迹！他们的睿智慧思启迪了定西人的心灵，化为指导定西经济社会发展战略的思想核心；他们的倾力帮扶坚定了定西人挑战贫困的信心，凝聚成建设崭新定西的永恒力量！

智力扶持：情注定西献良策

民盟中央与定西的缘分，是从费孝通先生开始的。

从 1984 年 9 月著名社会学家、时任全国政协副主席、民盟中央副主席的费孝通先生第一次踏上这方热土起，民盟中央便与定西结下了不解之缘。此后，民盟中央心系陇中大地，高度关注定西的发展和人民生活的改善，为尽快改变定西的贫困面貌把脉问诊、献计献策，给定西的发展提供了强大的智力扶持。

费老曾七到陇中，可谓是：大智厚德开时风。

作为一个杰出的社会学家、人类学家，费孝通先生总是通过对现实的深刻分析选择国家发展中的重大问题，带着这些问题到基层去，从草根的实践和调研开始，最后达到"出主意，想办法，做好事，做实事"的目的。正是这种胸怀天下、心系苍生的博大胸襟和关心穷朋友、研究穷地方的"草根"情结，促成了费孝通先生的定西之行。

1984 年 9 月，费老第一次来定西。考察中，先生深切地感受到了定西的贫困和"以粮为纲"的传统思想对定西发展思路的禁锅。面对当时定西 78% 的农户生活在贫困线以下的现实，费老深刻地指出："在思想观念里也要反弹琵琶，来一次意识领域的革新。要确认自然条件和商品经济规律是决定利用土地的原则。要改变见了土地就想种粮的观念。"（《边区开发——定西篇》）基于这样一个现实考量，费老提出了"打破经济结构，兴办乡镇工业"的观点。

1985 年 8 月，费老第二次来定西考察时欣然为内官镇题词："调整产业结构，发展乡镇企业，治穷致富。"

1986 年 8 月，费老第三次来定西考察时指出：利用当地资源，开辟几个比较大的工业城镇，是贫困地区挖穷根的最好办法。

1988 年 7 月，费老第四次来定西视察，对当时定西在发展地方工业方面采取的"碗里端着（更新、改造现有企业）、锅里煮着（广泛蓄存信息）"的对策，以及抓亚麻、豆子、兔子、地毯、洋芋和草编六个龙头系列开发战略，给予了充分肯定、支持和鼓励。

1995 年 9 月，费老第五次来定西考察时指出："大西北主要是生态问题。"他希望重视水利建设，支持引洮工程。关于农业问题，他希望有水走水路，无水走旱路，要重视旱作农业科研工作。他强调，要有大农业观点，不要把农副业限制在小圈子里，要把农村剩余劳动力向市场转移。

2001 年 8 月，费老第六次来定西，他在考察了"121"雨水集流工程、看了农民的生活状况后指出："农业结构调整后，要利用高科技加工农产品，使其走向市场，这样才会有好的收益。"

2003 年 8 月，93 岁高龄的费老第七次到定西考察，先生一直强调：要大力发展乡镇企业，着眼于农副产品、地方资源的加工和开发，不要空想，要由小到大，一步一步地走。

从 1984—2003 年的 20 年间，费孝通先生先后 11 次到甘肃，7 次到定西考察，发表了《边区开发——定西篇》《关于定西地区区域发展的刍议》《又一次访问定西》等论著，为改变定西贫穷落后的面貌出谋划策，提出了许多促进定西发展的重要思想和科学观点，尤其是费老首次来定西后提出的首先要"反弹琵琶"，来一次思想解放和观念革新，以实现从农本牧业向牧本农业转变的思想。这些精辟论述，在当时闭塞落后的定西人心中无异于惊雷炸响，极大地启迪了定西干部群众的思想，成为开启定西巨变的理论先声。

薪火相传：建言献策促发展

费孝通之后，民盟中央领导人沿着费老的足迹走进定西，为定西的发展把脉问诊、建言献策。他们为促进定西发展奔波操劳的身影，深深地镌刻在陇中大地。

2003 年 5 月，全国政协常委、甘肃省政协副主席、民盟省委主任委员周宜兴带着"城乡协调发展"的问题来定西调研。

2004 年 8 月，全国政协常委、民盟中央名誉副主席厉以宁，民盟中央副主席李重庵，省政协副主席、民盟甘肃省委主委周宜兴来定西考察，厉以宁教授做了题为《欠发达地区经济发展之路》的专题报告，从"城乡协调发展、农业产业化、移民开发、工业化与城乡互动、民营经济、观念转变"六个方面做了全面而精辟的阐述。

2005 年 4 月，全国人大常委会副委员长、民盟中央主席丁石孙，全国政协副主席、民盟中央常务副主席张梅颖，全国人大常委会委员、民盟中央副主席李重庵等一行赴定西考察，与定西的干部群众共商发展大计。

2007 年 9 月，全国人大常委会副委员长、民盟中央主席蒋树声，民盟中央秘书长高拴平一行莅临定西，在深入调研了安定区巉口镇马铃薯产业开发和青岚乡大坪村扶贫开发及新农村建设示范点情况后，蒋树声主席充分肯定了 20 多年来定西翻天覆地的变化，同时深刻地提出"把生态建设和经济建设放在同等重要的位置，促进经济社会各方面的和谐发展"和"要把教育的地位放得更高一些"的发展理念。

民盟中央还在安定区援建了锦鸡学校、贺家岔学校（总投资 168 万元，其中援助资金 73 万元），选送 50 名初、高中毕业生赴青岛接受免费职业教育，组织全区所有中、小学英语教师接受免费短期培训。2009 年 3 月在民盟中央的大力协调下，定西市领导干部经济管理高级研修班在清华大学继续教育学院举办，我市 43 名主管经济工作的县处级领导干部通过为期 10 天的学习，接受了一次全面系统的现代经济管理知识的培训。

就这样，民盟中央领导一届接着一届薪火相传，多次亲临定西视察调研，为指导定西的经济社会发展建言献策，并以办实事的方式为定西干部群众建设新定西给予了巨大的智力支持。

决战贫困：脱贫致富换新颜

从费孝通先生第一次来定西考察后定西地委、行署提出"坚持念好草木经，全面调整农村产业结构，大力发展乡镇企业，促进经济全面发展"，到二十世纪九十年代提出"三个顺应，三个遵循"（顺应天时，遵循自然规律；顺应市场，遵循经济规律；

顺应时代，遵循科学规律）的发展思路，再到二十一世纪定西撤地设市后市委、市政府确立"产业富民、工业强市"的发展战略和全市工作重心从偏重传统农业向大力发展工业和现代农业并重转变，从侧重农村经济发展向致力统筹城乡协调发展转变的决策部署，可以看出，定西经济社会发展的每一次大的战略思想、发展思路的提出和经济结构的调整，无不凝结着民盟中央的真知灼见。定西经济社会发展的每一个深刻变化，无不体现着民盟中央的关注和支持。

观念一变天地宽。

在凝结着民盟中央集体智慧的科学发展战略的指导下，定西人民充分发扬"三苦精神"，展开了一场改天换地、治穷致富、建设新定西的伟大实践。

——重视生态环境建设，改善农业基本条件。

费孝通第五次来定西考察时指出："大西北主要是生态问题。"据此，25年来，定西人民按照"三个顺应，三个遵循"的原则，依托退耕还林、"121"雨水集流、易地搬迁三大工程，开展了再造秀美山川的伟大实践，成功地走出了以小流域为单元，山、水、田、林、路综合治理的路子；水土流失得到有效遏制，生态环境大为改观；探索形成了"山顶植树造林戴帽子，山坡退耕种草披褂子，山腰兴修梯田系带子，山脚覆膜建棚围裙子，沟底筑坝蓄水穿靴子"的治理与开发模式，并创造性地把治理水土流失与群众脱贫致富相结合，创立了"修梯田、挖水窖、通道路、育林草、盖圈舍、养牛羊、建沼气、种洋芋、输劳务、增收入"的农业生态循环经济模式。

——调整产业结构，发展地方工业，加快小城镇建设。

按照费孝通先生第一次来定西考察提出的"打破经济结构，

兴办乡镇工业"的观点，定西人民掀起了一场产业结构调整的革命。马铃薯、中药材、畜草、花卉和食用菌等支柱产业蓬勃兴起，产业化进程不断加快，龙头企业发展势头强劲，小城镇建设如火如荼。

如今，马铃薯块状经济迅速崛起，定西成为全国三大马铃薯商品及种薯生产基地之一，并正在迈向"中国薯都"的新征程。同时"中国马铃薯之乡""中国花卉之乡""中国党参之乡""中国马铃薯良种之乡""中国黄芪之乡""中国当归之乡""中国蚕豆之乡""中国红豆草之乡"等知名品牌纷纷落户于定西市的一区六县。

——推进生态家园富民工程，大力改善生存环境。

在民盟中央的大力支持下，定西加快了以沼气池建设为主的农村能源建设步伐，并由零星试点转向整村推进。特别是依托民盟中央推广的"生态家园富民计划"项目的实施，大力推广"一池三改"生态家园模式，实现庭院现代化，形成以沼气为纽带的生态能源系统。如今"不见炊烟起，但闻饭菜香"在定西农村已成了常态景象。

……

经过全市干部群众 20 多年的艰辛努力，定西终于在 1999 年实现了基本解决温饱的目标。现在，全市人民在科学发展观的指引下，正满怀信心地为构建和谐文明的特色经济强市而努力奋斗。

志在富民：项目扶贫惠定西

25 年来，民盟中央始终关注着定西脱贫致富的伟大历程，在开展智力扶持的同时，积极帮助我市协调国家有关部委落实了很多大项目、好项目。仅 2005 年以来，民盟中央积极牵线搭桥，帮助我市安定区向国家有关部委争取项目 26 个，其中有 12 个项目已经衔接确定，总投资 2.04 亿元。这 12 个项目中，农产品现代流通体系马铃薯综合交易中心、示范性职业教育实训基地、城市医疗垃圾集中处置、农民科技入户工程、动物防疫冷链体系建设、乡镇兽医站示范场建设、生态经济富民工程、石门水库除险加固工程、农村沼气国债建设 9 个项目已全面完成建设任务；农业综合开发、内官土地开发整理 2 个项目正在按计划组织实施；金大地法式速冻薯制品生产线项目即将动工建设。

民盟中央还协调将安定区马铃薯综合交易中心列为农业农村部定点市场，并组织动员盟员企业家为安定区圈舍养殖农户捐赠了 386 台铡草机。

特别是 2008 年，在张梅颖副主席的亲自关怀下，定临公路已被交通运输部列入甘肃省国道干线公路改造专项计划，并按"十一五"期间国省干线公路改造中央补助标准安排车购税投资予以支持。目前，在交通运输部的安排下，甘肃省交通厅正在抓紧开展项目设计工作。

2008 年 11 月，蒋树声主席在北京亲切接见了定西市委主要领导，并表示将尽力帮助定西争取渭河源头流域治理与开发、定西物流园区铁路专用线和渭源国家农业综合开发县三个项目，并争取 2009 年组织专家来定西就渭河源头流域治理与开发进行专题调研。

2009 年 8 月，蒋树声主席、索丽生副主席带水利部、自然资源部等部委领导和专家们莅临定西，对渭河上游的安定、陇西、漳县、渭源四县进行全面调研考察，对渭河源头的综合治理与开发必将掀开新的篇章……

25年来，民盟中央本着"把好事做实，把实事做好"的宗旨，践行着费老"志在富民"的美好理想，与定西人民携手绘就了定西发展的宏图画卷，与定西人民并肩打赢了一场反贫困的扶贫攻坚战。

民盟人帮扶的足迹，早已深深印在陇中大地上；

民盟人的智者风范，永远铭刻在定西人民心中！

2009年8月12日

（备注：写此稿时本人系民盟定西市委主委）

走进你的心灵

——与家长说说孩子的教育

各位家长：

今天是星期天，各位家长放弃休息，来到学校与我们共同探讨孩子的教育问题，这是对自己孩子教育的关心，也是对学校工作的支持，令我们感动。

孩子是家庭的希望，是祖国的未来。教育孩子、关心孩子、让孩子健康成长，是我们共同的责任和义务。各位家长把孩子交给市一中，这是对市一中的信任。多年来，定西一中的蓬勃发展告诉我们一个最基本的道理，那就是，学校的发展离不开社会各界，尤其是家长们的大力支持。我们忘不了那些以各种方式关心、支持一中发展的家长们。因此，我们更加感到教书育人使命光荣、责任重大。只有加倍努力，把学校办好，把孩子教好，才是对家长的最好回报。

定西一中是一所有着悠久历史和辉煌成就的陇上名校。辈辈名师，诲人不倦；代代学子，孜孜以求。学校于 1941 年创办，1955 年确定为省重点中学，2004 年批准为"省级示范性高中"，先后荣获"全国传统项目学校先进集体""省级文明单位""甘肃省教育系统先进集体""全省学校艺术教育先进集体"等多项殊荣，是"教育部重点实验项目实验基地""甘肃省国防教育示范学校"。

学校占地 203 亩，是省内校园面积最大的中学之一，校园布局合理，环境优美，办学设施先进，功能齐全。分为教学、服务、运动、生活、园林五大功能区，有设计合理、功能齐全的教学楼、实验楼、教研楼、学生公寓。同时，学校十分重视师生学习、生活环境的改善，多方筹资，近期建成了 3 号学生公寓楼和集餐饮、活动、服务于一体的综合服务楼，主体 18 层的高层教师住宅楼正在积极兴建中，将成为目前全市最高的建筑之一。

2004 年，在社会各界的热情关怀和大力支持下，我们以"发展要有新思路，改革要有新突破"的工作思路，制定出"学校要有新发展，办学要有新举措，教师要有新成就，学生要有新成长"的跨越式发展目标。确立了"以人为本，创新发展"的办学理念和"一切为了师生发展"的办学宗旨，提倡"爱校如家、爱生如子、爱师如亲、爱才如己"的"四爱"意识，弘扬"开拓、务实"的校风，"博学、卓越、创新"的教风，"苦学、进取、和谐、高远"的学风。学校长远的发展规划，就是要把定西一中建设为全市一流、全省知名、国内有一定影响的现代化高级中学。

为提高办学层次和水平，我们以示范性高中创建和人事制度改革为契机，一方面继续完善硬件建设，使校园环境在短期内发生了巨大变化；另一方面加大软件建设力度，积极探索高效合理的运行机制，健全竞争激励机制，推行全员竞聘上岗，充分调动教职工的积极性。目前，学校教师结构合理，全校教师 180 多人，其中特级教师 5 名，是全省特级教师最多的中学之一，高级教师 48 名，中级教师 64 人，有 1 人获"苏步青数学教育奖"，3 人被评为省园丁，9 人被评为省、市学科带头人，46 人被评为市级骨干教师，11 人被评为省、市青年教学能手，14 人被评为市级创新、拔尖人才，22 人分别获市级优秀教师、市劳动模范和市

"十大杰出青年"等荣誉称号。正是这样一大批骨干教师的默默耕耘、敬业奉献决定了一中发展的潜力和教育质量的制高点。

青年教师是学校可持续发展的保障，我们每年按照教学的需求招考师范院校的优秀大学生来我校工作。从入校的第一天起，学校就选派德才兼备、经验丰富的老教师和被调入新教师开展"一帮一结对子"活动，确立了青年教师"6、5、4、3、2、1"成长路径："六个认真"即认真学习、认真备课、认真讲课、认真请教、认真指导、认真总结；"五个善待"即善待自己、善待学生、善待同事、善待学校、善待事业；"四个吃透"即吃透自己、吃透学生、吃透教材、吃透环境；"三个争取"即争取博学、争取卓越、争取创新；"两个计划"即培训计划、辅导计划；"一个目标"即一年站稳讲台，两年站好讲台，三年成为教坛新秀。我们努力为青年教师的成长、成才、成功创设宽松的环境和便利的条件，形成了"敬业爱生、乐教善学"的良好风尚，他们在课件制作、汇报课和优质课比赛等活动中取得了优异的成果，充分显示了年轻人的奋发有为和蓬勃朝气。

由于办学条件的改善和教学质量的进一步提高，近年来四方学子竞相报考我校，学校已逐步形成了良好的学风、教风和校风，取得了较为突出的教学效果。有190多名学生在国家、省、市级各类竞赛中获奖。在全市高中会考中，除英语学科外，其他学科的合格率、优秀率均名列全市第一。高考升学率稳步上升，升入重点院校、本科院校的人数居全市各中学之首。每年，有多名同学被清华、北大等名牌院校录取。2005年高考喜获丰收，成绩斐然，成为全市名副其实的高考大户：本科上线人数突破500大关，名列全市中学第一。

家长朋友们，教育孩子是当今社会面临的一个重要问题，尤其现在的孩子大多为独生子女，一个孩子牵动着多名家长和亲朋的心。孩子的健康成长关系到千家万户的未来和希望，也关系到社会的进步发展、国家的繁荣富强。我们一直强调学校教育德育为首，不断改进思想教育工作，全校教师积极参与，班主任、科任教师更是全身心投入、废寝忘食。我们在工作中不断总结经验教训，以先进的教育理念、科学的教育方法，以人为本，全面发展，把学生的健康成长放在首位，尽一切可能为学生的个性发展、全面发展提供优越条件，形成学校上下齐抓共管，全员参与，管理育人、教书育人和服务育人紧密结合的良好局面。"学校无小事，事事能育人；教师无小节，处处是楷模。"

就目前来说，全校共有 4000 多名在校学生，管理工作压力很大。教育孩子是学校义不容辞的责任，我们的做法和目标是让学生成才，让家长放心，让社会满意。同时我们也希望各位家长能够配合学校共同教育好我们的孩子。俗话说，父母是孩子的第一任老师，良好的家庭教育对孩子的成长至关重要。所以希望家长言传身教、以身作则，尊重孩子，理解孩子，注意发现孩子身上的闪光点，多鼓励、少批评，讲道理，善引导，为孩子成长创造一个民主、和谐、良好的家庭环境。要加强孩子们的思想品德教育和行为习惯的养成教育。如果对孩子的教育"粗枝大叶"，或者把孩子送进学校就觉得"万事大吉"，这都是极端的不负责任。我一直认为，教育要关注细节。多年的学校办学和家访调查充分证实，家长对孩子教育抓得紧、抓得实，懂教育、会教育，与学校、与教师紧密配合，才会有利于孩子的成长，孩子就能取得好成绩、考上好大学，共同实现我们的教育目标和家庭梦想。定西一中最近两年来高考本科上线人数的急剧快速增长，就是家长、社会和学校共同努力的结果。好多家长在教育孩子、管理孩子、督促孩子，以及与老师沟通等方面付出了心血，尽到了父母的责任。孩子成才了，家长的夙愿实现了，大家都高兴，学校与家长、教师与学生之间也结下深厚的感情。

家长们请想想，当孩子每天 6 点起床时，班主任和老师紧张的教学和管理工作也就随之开始了，而这时，有些家长也许还沉浸在梦乡之中；孩子们下晚自习后还要温习、预习每天的功课，我们的老师也许还在案头批改厚厚的作业，而有些家长可能已放下一天的负担，正享受着夜晚的休闲时光。有谁比我们的孩子和班主任、老师们更辛苦呢？家长们再想想，我们一个家庭几个家长把自己的一个孩子都管不好，或者管起来很吃力，而我们仅仅靠 180 名教职工要把所有的学生都管好，让每一位家长都放心，我们需要付出多大的努力？学校和老师们付出了多少的劳动和心血？为了使老师更加集中精力，投入教学和学生管理，我们一直倡导"爱生如子"，即把每一个同学当作自己的亲生孩子去对待、去关心。我们的大多数老师在这方面是尽职尽责的，做了大量默默无闻的工作，燃烧了自己，点亮了一个个孩子的心灯，并成为他们的良师益友。

我们在加强学生管理和安全工作方面，尽管取得了较好的成绩，使得教学秩序井然，教育质量提高，但也偶尔发现一些不容忽视的问题。诸如：学校绝不允许学生携带刀具进入校园，一经发现将严肃处理，但还是有极少数学生携带管制刀具进入校园，甚至寻衅滋事；学校反复教育孩子不要迷恋网吧，但还是有个别学生利用管理空当进出网吧，甚至彻夜不归；学校三令五申教育孩子要遵守学校纪律，不抽烟、不喝酒、不破坏公物、不穿奇装异服、不戴耳坠首饰，但总有个别学生迟到、旷课、抽烟、损坏公物、玩手机游戏，或穿奇装异服、把头发染得花花绿绿，把自己打扮得不像个健康活泼、青春向上的中学生；学校大力提倡学生要尊重师长，同学间要互爱互助，但还是有个别学生顶撞教师、辱骂同学，甚至三五成群、打架斗殴。最近山西省长治市某中学出现了全国罕见的卡车压死跑操师生的特大交通事故，近年来我们也曾多次召开主题班会和开展各种形式的宣传教育活动，再三叮咛学生们要注意交通安全，遵守交通规则，但还是有不少同学放学后骑车带人、追逐打闹，甚至横行占道，对车辆鸣笛无动于衷，影响交通和自身安全……作为家长，孩子身上的优点我们掌握了多少？孩子身上不好的行为习惯我们又知晓多少？孩子在校外校内究竟干了些什么？在家庭教育中，作为父母，我们到底尽了多大的力，起到了什么样的影响？这是一个需要我们认真思考和关注的问题。

我最近去上海考察学习，上海的高中教育学校管理的任务已很轻了，学生的思想品德和行为习惯教育主要落在家庭和社区了。上海的高中教育阶段，学生不上晚自习、不上早操、节假日不补课，学校的任务就是教学。而我们的现状是把大量的精力用在学生的管理上，有个别家庭把孩子交到学校就万事大吉了，让校长当大保姆，让班主任当小保姆。孩子出了问题就责备学校，怪怨班主任。实际上孩子的教育需要家庭、社会、学校的共同关注和努力。孩子能否成人、成才，家长责无旁贷、社会责无旁贷，学校责无旁贷！

就学校而言，在学生管理中还存在着一些薄弱环节，教师的教学也不能够做到让大家完全满意，学校的办学条件还需进一步改善，教育教学质量还需进一步提高。希望家长朋友们要继续理解、支持学校的管理、教学、安全等，要与班主任、任课教师经常联系、保持沟通，以便学校、家庭更好地配合，更好地促进孩子们健康成长。比如，孩子的成绩上升了，上升的原因是什么？应该多帮助孩子好好总结，鼓励孩子增强信心。相反，孩子的成绩下降了，下降的原因是什么？要帮助孩子分析，细心观察孩子的生理和心理变化，有没有染上一些不好的习惯，是否产生了青春期一种朦朦胧胧的情感，这就需要与孩子多沟通、多交流，通过耐心疏导，让孩子早日走出困惑，树立学习的信心，迎头赶上。我做过调查，会宁县的教育之所以长盛不衰，主要是全社会形成了一个关注教育、重视教育的良好风气。"教子先教德"，我希望家长也能够多看些教育孩子方面的书籍，家长与家长之间也应多些交流，实实在在为学生的长远发展考虑。要正确看待孩子的成绩，既要严格要求，又要教育疏导，教会孩子自信、自强、自立，为今后诚实做人，参与竞争，迎接挑战，报效祖国奠定良好的基础。

家长朋友们，学校已步入了发展快车道。学校人事制度改革为进一步调动教职工积极性打下了坚实的基础，创建省级示范性高中的成功更让我们信心百倍，我们要以此为契机，与时俱进，开拓创新，进一步改善办学条件，尤其在教育教学质量上狠下功夫，向省内一流学校迈进。我们有理由相信，有家长朋友们的理解和支持，我们一定能把一中办得更好，把孩子教得更好。面对各位家长的殷切期望，我们将以一流的管理，一流的环境，一流的设施，一流的师资，精心育人，让学生成长成才，让家长放心，让社会满意。

家长朋友们，感谢大家来到这里，同我一起说说孩子的教育与成长。二十年前，我曾经也是这所学校的一名学生，如今，我的女儿也进入这所学校学习，我既是学校的校长，也是一名普普通通的学生家长，我对大家的心情和期盼感同身受。我们一定会倾注全力、倾尽所能、倾心教育，和大家一道努力，为孩子们插上理想的翅膀，让他们飞得更高更远。

2006 年 9 月

话说高考

——一个重点中学校长对高考的感受

当了近四年高中校长，现虽离开了岗位，但对高考可说是深有感触。我当校长的这所中学，是个拥有 300 万人口的地级城市的重点中学，也是这座城市办学规模最大的中学，同时是我们省原来的 9 所重点中学之一。2004 年年初，我去这所学校当校长时，学校处于办学最低谷时期，一是省级示范性高中全省已评了20 多所，而没有这所有近 70 年办学历史的名牌重点学校的份，社会反响强烈。二是按社会上的说法是校长老了，"猫老不逼鼠"，教职工不听话了，教师在外面办班带课，创收成风，高考连连下滑，跌入低谷。老百姓的孩子在这儿上学，好多领导干部的孩子也在这儿上学。学校教学质量的下滑，管理的混乱，不仅备受社会各界的关注，一时也成为社会广泛议论的焦点。

派我当校长时，我当时有点犹豫：一是我在当地的一所高等专科学校任职副校长，工作压力小，又比较清闲；二是我当年要申报教授职称，这可是我多年来的一直努力且梦寐以求的目标。当时的市委副书记兼组织部部长找我谈话，说我是多么有魄力呀，这个中学的校长是多么难选啊，派我去当校长是经过市委反复慎重考虑的呀，一串串好话之后，我开始飘飘然了，也感到了责任的重大。

他又答应，我的人事关系可以不转，教授职称可以照评照聘时，我的一些顾虑也就打消了。

我去任校长的当年就遇上两件大事：一是省级示范性高中的申报与评估，二是全市的事业单位人事制度改革试点。我通过半年多的时间，把这所贫穷破旧的老校除该保留的文化外几乎弄了个底朝天，使之变为一所崭新的现代化学校，把"省示范校"这块牌子摘了回来。又通过近半年的时间把学校的一些教学骨干提拔到管理岗位，对十多位学历不合格难胜任高中教学的教师进行了分流划转。尤其是对一度觉得自己很"牛"，常年在外办班挣钱的六七位所谓的"骨干"先后予以解聘。这两件事儿，做得干净利落，特别是第二件，教师的"划转与解聘"，顶着各种压力，面临多次围攻，大刀阔斧，坚决彻底。当时的我，成为全市甚至省内的风流人物。

两件事儿解决了，接下来就是抓教学质量，抓教学质量实际上就是抓高考。老百姓不管你教学管理怎么样，教学改革是什么。他们的想法非常现实，就是三年下来自己的孩子能不能考上大学，考上什么样的大学。天不负我，我当年任校长时高考本科上线人数仅248人，第二年488人，第三年667人，第四年825人。三年的校长聘期也超过了，我觉得该见好就收了。2007年年底，我回到了我原来工作的高校。现在想起，近四年的中学校长，有点当年"下海"的感觉。

作为中学校长，我非常同意一种观点："头上悬两把剑，身上压一座山"。两把剑，一是安全，二是收费，这点以后有兴趣再讲。一座山，就是高考升学的压力。就说这座山吧，作为过来人，我可以毫不掩饰地说：在中国的教育体制下，没有一个中学校长不为高考的升学压力而绞尽脑汁、费尽心血。我去过全国的几所名牌中学，我相信即使人大附中这样的品牌学校，也在担心和遗憾一年的高考状元"花落他家"呢！我工作的这个省有所高校附中，一年在全省范围内招生90人，每年三五千人报考，可以说是人山人海挤破头，把全省的状元苗子一揽子都捞走了，其他学校的校长们对这种做法恨之入骨。可是多年下来，这所名校就是产生不了一个全省的文理科状元！高考成绩一公布，在不少学校遗憾、个别学校欢呼一段时日后，这所高校附中就成为众矢之的，有名气的学校在骂，没名气的学校也在骂。我想高考成绩刚出来的那几天，那个校长的大耳朵一定很热很烫吧。

实际上一年一度的状元之争，对每一所名牌学校而言都是一个美丽的梦。为了这个梦，校长们可以说是常常失眠，费尽心机，却往往事与愿违。在高考刚刚结束考生估分的几天里，校长们都在打心理战，不惜把自己最好的成绩"冒"一些对外发布，于是乎今天一阵这儿有个"状元"呼之欲出，明天一阵那儿有个"状元"跃出水面。新闻媒体也不是省油的灯，到处捕风捉影，个个想抢占舆论喉舌之高地。可是这个高考状元，就是爱爆冷门，往往不在几所名牌学校产生，偏偏在校长们想都不曾想到的一所中学像原子弹一样爆炸了！这所学校顷刻间烟花四放，名噪一时！这个正式出炉的状元，也就成为新闻媒体追逐的焦点，成为企业赞助商人资助的宠儿。学校在大肆宣传成功的经验，学生在乘机传授学习的方法，家长乐得合不上嘴，社会上街谈巷议。好羡慕啊！好嫉妒啊！

"状元是老天爷给的，不是学校培养的。"校长们个个自我安慰。

名花有主，校长们就转入工作的第二阶段，开始统计600分、一本线、二本线以上考生人数和升学率，这在名牌学校之间可以说是暗暗较劲，尤其是教学质量差不多的学校，都在窃取对方信息，互相比较，只说优势，不言劣势。有的学校在 600 分高分人数上较劲；有的把心思放在重点上线人数上；有的搞人海战，在本科上线总数上做文章；有的在上线率上倒江湖。我工作的这所学校是多年的老牌学校，以前把这些虚荣的东西看得淡。近几年有一些学校，本来教学质量上升快，就大加炫耀，什么"六连冠""七连冠"，还有个别中学，趁高考成绩未公布就先放一股风，说今年把某某学校考"屁"了，贬损他人、抬高自己，等成绩一公布才发现是在蛊惑人心，不攻自破。现在想起，觉得太好笑。

高考的第三阶段，就是填报志愿和录取，这也很有学问，前几年是先报志愿，后公布成绩，大多数学校先是让学生根据自己的估分填报，学校各班再平衡，对高分学生引导，以防撞车，有的学校、有的学生为了上一所比如清华、北大之类的学校，对估分的成绩对外冒得很高，对其他的高分学生造成一种强大的威胁力，欲求"草船借箭"一举成名。

志愿填报后，对于学生、家长，等待录取结果是最痛苦、最煎熬的阶段，在度日如年的等待中，往往会迎来最激动、最兴奋的时刻。尤其是被一些知名学校录取时，校园里必定是横幅悬挂，大肆宣传，士气高昂，爆竹声声，新闻媒体也趁机捕风捉影，捞名捞利。家长们也是喜出望外，奔走相告，条件好些的大摆谢师宴、状元宴，好不热闹。

这两年变了，改为先公布成绩再填报志愿，"吓死胆小的，撑死胆大的"这种现象有所改观，但填报志愿不准，也会一滑再滑，直至彻底滑档。对滑档的部分学生将造成沉重的打击，甚至影响一辈子的前程，深感竞争是如此残酷！只能是望洋兴叹：何日才是出头日？何日才是"金榜题名时"啊！

当高考接近尾声时，高考补习班的招生政策各校已是呼之欲出。有的高分学生今年考得不理想，想通过补习来年上个更理想的学校，有的学生志愿没报好，还得打起精神重来，这些本科线上学生就成为各个学校争取的重点，学校给班主任下任务，绝对防止上线考生的流失。高分考生成了学校庆功宴上的"香饽饽"。新的一个学年又开始了。

2009 年 8 月 15 日

"师专人"和"师专精神"

2007年年底，我从定西一中又回到定西师专工作。当时市上领导和组织部门与我谈话，说定西师专正面临教育部评估，你是咱们市唯一的教授，却在中学当校长，还是回师专当校长合适，全面负责学校工作，尤其是抓好目前面临的迎评促建工作。

我本来一直在师专工作，从1987年参加工作至2004年，经历了由起初的定西教育学院到2003年改建为定西师专的变迁，整整16年。先后担任地理科主任、科研处长、分管教学副校长。2004年年初，也许是重用，也许是阴差阳错，让我去全市最大的重点中学——定西一中当了校长。在定西一中，我主要抓了两件大事，一是全市事业单位改革试点，二是省级示范高中创建。事业单位改革是形势所逼：当时，定西的教育风气不好，定西一中的一些教师，课堂上不好好教学，却在校外办班，课外补课成风，收取学生高额费用，教学质量下滑严重，社会和家长反响强烈。创建省级示范也是形势所迫：学校原来是全省9所重点中学之一，可在后来重新评估时，丢了"省级示范中学"的牌子，不进反退，很没面子。这两件事，我不负众望，一年多时间，完成了改革试点，实现了示范创建，办学风气逐渐好转，教学质量逐步提高，高考本科上线人数逐年攀升，社会声誉再度提升。近四年，就我来说，付出不少，收获也颇丰。

没有想到，不到四年后，又让我回归故地，担任定西师专校长，而面临的首要任务是教育部对学校的人才培养水平评估。我想，这又是一块难啃的骨头，一道难过的坎儿。

教育部对高校的人才培养水平评估，是对高校办学工作的一次全面的、系统的考核和验收，评估结果具有极大的权威性和影响力。评估结果向社会公布后，将直接影响着学校的社会形象和声誉地位。迎评促建工作，基本原则是"以评促建，以评促改，以评促管，评建结合，重在建设"，"评、建、改、管"有机结合，是一项系统工程。定西师专又是一所新建的普通高校，首次迎评，基础薄弱，没有前例，建什么，怎么建？改什么，如何改？如何通过迎接评估推动学校管理及各项工作步入科学化、现代化轨道，任务繁重，千头万绪。这对于一所基础弱、底子薄的贫困地区新建高校而言，难度可想而知。

逆水行舟，不进则退。作为从这里走出去，又折返回来的一名校长，我与这片土地有着深厚的感情，我与这里的同事结下了纯真的友情。此时此刻，只能与大家同心协力，共克时艰。我觉得，在迎评中，如何突破难点、凸显亮点、突出特色，尤为关键。这就需要对学校的办学定位、办学理念、办学特色、办学精神等进行全面梳理。

当年由教育学院改建师专时，学校确立了"德才并重，求实有为"的校训，这是当时学院领导班子集体智慧的结晶，成为学校培养人才的遵循和指引。在面临人才培养水平评估的情况下，总结和凝练学校在长期艰苦环境下形成的办学精神，是推进评估工作的现实需要，也是凝聚全体教职员工精气神的动力源泉。

作为校长，首先，我认识到办学精神的提炼应遵循"植根历史、立足现实，凸显个性、突出特色，紧跟时代、引领未来"的原则。其次，办学精神的概括，必须凸显我们的亮点，突出我们的特色，在显现亮点和特色的基础上达成共识，形成内生动力，推动学校持续地向前发展。那么，学校从定西教师进修学院到定西教育学院，再到定西师专，一路走来，发展到今天，到底有什么特色有哪些亮点，引起我的深度思考。

回顾定西师专的发展历程，学校走过了一条不寻常之路。它是在一所成人高校的基础上创建的，彰显了前任领导班子的决策智慧，也凝结了广大教职工的心血汗水。在穷困地区办大学，必将要付出百倍的努力和奉献。当初，创建师专时，大家夜以继日，废寝忘食，积极乐观的笑容和身影，在我脑海中又一次次地浮现。我也想起创建师专时，清华大学原党委书记方惠坚担任组长，携专家组成员一行来定西教育学院实地考察，通过实地查看，听取汇报后，为学校一班人在这么一个贫瘠之地上艰苦奋斗、锐意进取的治学精神而深深感动。方先生在点评总结时，情不自禁掉下了激动的泪水。他说："虽然学校还缺乏申办普通高校的条件，但看到你们艰苦不怕吃苦、奉献不讲回报的精神，就有理由相信，通过你们的艰苦努力、不懈奋斗，一定会办成师专、办好师专。"

就这样，专家组积极地鼓励和支持了定西师专的申办工作，把一所一度"生师比倒挂"的成人高校"扶上了马"，定西这片贫瘠的大地，才有了一所真正意义上的高等学校。

时光荏苒，倏忽又是四年，学校又要接受人才培养水平的评估。硬件建设方面我们与发达地区的高校必定有差距，而软实力方面我们在艰苦的办学环境中形成的一种内核精神，其他的高校却不一定有。在迎评促建工作推进过程中，对学校"办学精神"的凝练，就成为统一思想、达成共识、鼓舞斗志、促进发展的一项重要工作。我们组织开展了关于"学校精神"的大讨论，同时向历任领导、离退休教职工及社会代表征询意见，又经过多次召开各类座谈会，反复讨论、筛选，结合定西师专的历史和现实，以及对它的未来发展的考量，我最终将"师专精神"凝练为八个字："艰苦创业，无私奉献"。

寥寥八字，荦荦大端。大家认为，我们提炼出来的"艰苦创业，无私奉献"办学精神，既反映了历史真实，又体现了时代风貌，关照了未来前景；既富有学校特色，又能被社会广泛认同，言简意赅，朴素务实，文字表达上也朗朗上口，易读易记。在不同的会议和场合，我便对"师专精神"从不同的层次和角度进行了诠释。具体来说，"师专精神"就是艰苦奋斗、团结协作、求实创新、积极进取、豁达包容的精神，就是无怨无悔、不计得失、坚韧不拔、迎难而上、勇往直前的精神。通过大力弘扬和培育"师专精神"，努力营造全校管理干部、教职工之间相互尊重、相互学习、相互协作、相互包容的心平气顺人际关系，为迎评促建工作打造"人人有事干、事事有人干、没事想着干、有事争着干"的干事创业环境。可以说，师专精神的适时凝练和形成，为当年迎接教育部评估凝聚了强大动力，再一次激发了广大教职工干事创业的积极性，在这种精神的感召下，大家不畏困难，加班加点，不计得失，夜以继日地忘我工作。

与此同时，我又及时地提出了"爱校爱生爱岗、勤奋朴实正派、博学进取乐观、团结合作奉献"的"师专人"的概念。具体来说，"师专人"就是提倡每个教职员工要热爱自己的学校，要有一种"校荣我荣，校损我损"的意识；要关爱我们的学生，做到"爱生如子"；要热爱教师这个神圣的职业，教好书，育好人；在学业上，要做到刻苦钻研，勤勉好学，把"博学多才"作为职业方向和目标；在做人上，要像黄土地一样厚重朴实，多讲团结合作，相互包容，做人正派，补台而不拆台，比奉献不比得失；在思想上，要不畏困难，积极乐观，开拓进取，勇于奉献。"师专人"的提出，与"师专精神"相辅相成，与"师专校训"互为表里，为迎评促建工作起到了很好的助推作用。

2008年6月，教育部评估专家组进驻学校，对学校人才培养水平进行全面评估。专家组对学校制度管理、学科建设、人才培养、资金投入、招生就业等方面工作进行了全面考查。在汇报会上，我代表学校作了题为《着力教师教育 加快学校发展》的主题报告。报告中，我用较多的篇幅，阐述了"师专精神"和"师专人"的内涵，收获了专家组成员的认可。我特别强调：在学校的办学历程中，"师专精神"是几代师专人共同创造的精神财富，这种精神造就了"师专人"求真务实的工作作风，实事求是的科学态度，不尚虚夸、不事张扬、崇尚实干的精神品格，赢得了社会对师专人"为人厚实，知识扎实，做事踏实"的普遍赞誉。在"师专精神"的感召和激励下，在全体教职员工的艰苦努力下，2008年6月，定西师专顺利通过了教育部人才培养水平评估验收，大家为此欢欣鼓舞。

回顾过往，在以后的十多年里，临洮师范、陇西师范先后撤销，一部分教师也调入定西师专，学校常举办一些教职工、学生的重要会议和活动，"师专校训"和"师专精神"可谓逢会必讲，后来，我们又对"师专人"提出了"大融合、大包容"的新要求，要求做到人人皆知，耳熟能详，并且在行动上认真践行。同时，在校园的最显亮位置把"师专校训""师专精神""师专人"的内容予以展示，它们成为广大教师教书育人、为国育才的座右铭和目标追求，可以说在广大师生中达成了广泛共识，为学校的持续发展形成了强大合力。也正是在这样一种精神引领下，定西师专在逆境中求生存、困境中谋发展，终于在一片沟壑纵横、杂草丛生的土地上建起了一个楼宇耸立、依山傍水、视野开阔、环境优美、富有生机、充满活力的新校园。

2013年定西卫校并入定西师专，100多名原卫校教师进入定西师专工作，教师队伍发生了较大变化，专业结构亟须调整。2014年定西师专又并入甘肃中医药大学，设立了甘肃中医药大学定西校区，又进入了一个转型发展的特殊阶段。学校的一些院系、处室进行了合并重组，通过数年的努力，原定西师专的专业结构从以前的师范类为主，发展到今天的师范类、高职类、医药类三大专业群并存，学生规模从建校初的不足2000人发展到8000多人，并积极地向本科办学层次迈进。可以说，学校的办学方向转轨了，办学规格升高了，办学层次提升了，但是"艰苦创业、无私奉献"的办学精神与"德才并重，求实有为"的师专校训，一直在主教学楼门上端的两侧高高悬挂着，成为校园文化的重要组成部分，时刻鞭策和激励着一代代"师专人"不断进取、努力前行，成为全体师生的价值追求、情感认同、灵魂支柱和精神源泉，代代传承，历久弥新！

2021年11月1日

检　阅

　　我到这所大学当校长快两年了。五年前，这所大学是全市的一所成人高校，后来改建为普通高校。我在这所成人高校当过三年副院长，学校改制后顺其自然地当了一年副校长，之后调到一所当地的重点高中当校长。谁也没料到，当了四年的中学校长后，我又回到了这所高校任校长。

　　中学当校长时，学生就有新生军训活动，但中学军训时间短，结束后，只是简单地汇报一下，也不存在检阅一事。回到大学后，学生的规模也大了，从原来的不到 2000 人，到今天已超过 5000 人。

　　去年，秋季开学，2000 多人的新生，军训汇报时我检阅了，承训部队的 L 参谋长陪同。当我们从 20 多个站得端正笔直、排得整齐划一的迷彩方队旁走过时，每一个方队的每一双眼睛都像黑色枪口一样盯着我。在相互的对视中，不要说学生，就我这个"纵队司令"都有点紧张。我走到第一方队前时，"敬——礼"，护旗队的官兵和第一方队的教官一同高喊，"唰"的一下，上百只戴着白手套的手举了起来。我旁边的参谋长在还礼。我高声喊："同学们好!"第一方队："首——长——好!"声音铿锵有力，士气高昂。第二方队，我略放低了点声音："同学们辛苦了!"第二方队："为——人——民——服——务!"接着，第三方队，第四方队……

今年的军训已半月了，动员大会后，我每经过训练场时，看到一个个连队或走队列，或打拳路，或嘶喊，或拼杀……训练得都很起劲。一时大脑中冒出一个念头："这所高校越来越像一所正儿八经的大学了。"又马上反思："这本来就是一所正儿八经的大学嘛！"

9月14日，又是一年一度的军训汇报总结。早晨，我穿上竖条纹白色衬衣，打了红色小花纹领带，穿了一套笔挺的藏蓝西服，踏上锃亮的黑色新皮鞋出门……

走在路上，熟人看我这身穿着，惊讶地问："要出差?"或者问："要开会?"……

8点30分，军训汇报开始了，议程有十多项，还请了军分区、宣传部、教育局的领导。天气也太争气了，自开学来，连续十多天烟雨蒙蒙，有点"一场秋雨一场寒"的感觉。今天，天终于放晴，阳光明媚，气温回升，操场上绿草茵茵，检阅方队严阵以待！

第三项议程是检阅，军分局司令陪我。这次，我比去年有经验，也更自信，踏着音乐节奏，把平时的半驼背尽可能挺得直直的，把习惯迈着的八字步尽可能走得正正的，迎着和煦的阳光，踏着红色的塑胶跑道，向黑压压的钢铁方队走去……

"敬——礼!"——

"同学们好!"——

"首——长——好!"……

一个个绿色方队威武不屈，英姿飒爽，异口同声，震撼山河……

我每经过一个方队，会短暂地停留一半秒，扫视一下队列中的"士兵"，或严肃，或微笑，自我感觉俨然是一个"将军"！

检阅结束后，我想写篇感受，却一直忙于琐碎事务。写这篇文章时，突然想起一段少年往事：二十世纪七十年代末，我对参军有着一种火热向往。

一是父亲曾是个军人，当过抗美援朝的志愿军，还立过两次三等功，一次二等功。小时候，孩子们总爱吹牛，男孩儿在一起，最爱吹的就是自己的父亲如何、如何，父亲参过军，立过功，谁都比不上我自豪而骄傲。当时，父亲的"立功证书"和"军功章"母亲保管着，平时我们也见不到。记得有一年，过年扫房，在上房的椽花眼里，有一个小布包包掉了下来，打开一看，是父亲的立功证书和荣誉奖章，证书只一个，记载着立功的简单事迹和等级，奖章有好几枚，大小图案不完全一样。我一下子觉得父亲更伟岸、更高大！

二是二十世纪七十年代初，大哥参军了，对我触动也很大。当时，我小学四年级，学校派我们班的同学欢送大哥光荣参军。欢送仪式就在我家院子里举行，大哥穿着绿军装，戴着大红花，系着皮腰带，好不英俊。我和同学们在我家的院子里排成队，面对大哥和生产队干部唱了《三大纪律，八项注意》等几首红色歌曲。大哥微笑着面对我们，自豪和兴奋写在脸上……

当时，我觉得参军是多么光荣啊！

到我参军的年龄，恢复了高考制度，我有此想法，父亲却不同意，说："弟兄仨，有一个当兵的就行了，老三要考大学！""老三"就是我。父亲的话就是钢铁命令！当时，我不敢吭一声。

我不负父命，一九八三年考上了大学。大四时，正好是"中越自卫反击战"后期。当时，动员大学生去部队，在我上学的陕师大来招兵，我又有过当兵的冲动，但这时父亲已高血压瘫痪在床，弟兄姊妹都不在身边，家里只有母亲一人，我考虑再三还是放弃了。

如今，我当了大学的校长、教授，尽管有过参军的多次梦想，但不曾有过一次穿军装的经历，一年一度在一次次地检阅几千人的"部队"，也算是了却了小时候的一桩心愿吧。记得检阅后，L 参谋长说，我检阅的"部队"人数相当于一个正规旅，我突发奇想：若我当年参军，说不定现在也是一个正儿八经的"首长"呢！

2009 年 9 月

教育管理随想
——教育管理十大原理

　　题记：该文是我从教数十载后的一个讲稿，成千上万学子聆听过讲座，以文字发表后又得到多次转载，故收录分享。

鲜花原理——和谐观

　　有位爱花的小姑娘，常常去花店买花，花店的主人永远用慈祥的口吻问候她、服务她。每次小姑娘都想对老人说："您真好，我爱您！"但是，话到嘴边都咽了回去，因为她想，明天再告诉老人也不迟。多少个明天之后，她又朝花店走去，发誓这一次一定要对老人家倾诉感激之情。然而花店的门上了大锁，老人在前一天去世了。

　　启示：之一，当别人对自己慈祥地关心、热情地服务时，要有一种深深的感激之情。而且这种感激之情要像阳光一样，直言不讳地表达给对方，即使面对一位陌生人也该如此，不要等待，因为许多机会没有明天。之二，感激之情是用慈祥、真诚、诚信换来的，对一个买花的小女孩是如此，而对我们面对的一个个渴求知识滋润的学子，我们能够永远用一种关爱、尊重的口吻去教化吗？之三，要得到对方的尊重和铭记，即使当时像老人一样并没有得到什么，但也许在不知不觉中感化了对方，成为对方人生的永恒，成为自己生命与精神的延续。我们能做到吗？

老人与小姑娘的关系在某种程度上就像教师与学生的关系。要建立和谐校园就要解决好管理与被管理这对矛盾。管理是对老师的，更是对学生的，学生是被管理的主体，教师是管理的主体。

和谐观告诉我们：学校的一切工作都要围绕教育教学这个最基本矛盾的解决上来，就要形成全校上下一盘棋思想。让教师精神愉快、业务精湛地去教，让学生身心健康、发奋刻苦地去学；让校园里充满阳光、温情、微笑与鲜花，形成一种相互理解、相互包容，爱生如子、尊师如亲的校风、教风、学风。

奔跑原理——发展观

人大附中校长刘彭芝当了 8 年副校长、6 年校长，把自己喻为领跑人，把教师喻为奔跑者，把学生喻为推动者。她当校长时，人大附中已是名满京城的学校。但她还是提出了将人大附中办成"国内领先，国际一流"的世界名校的目标。要求人大附中人的心态是奔跑者的心态，人大附中人的工作节奏是奔跑者的节奏，人大附中的发展速度是奔跑者的速度。

启示：之一，每一个人面对时代的快速变革和发展，都不能懈怠，都不能退缩，都不能止步。稍微有了懈怠和退缩，稍微停滞一下就会被别人超越，就会被甩掉。一个学校也是如此，面对竞争和挑战，面对期望和需求，决不能掉以轻心。过去的几年我们进行了人事改革，创建了示范性高中，高考取得了突出成绩，就是用跑步换来的。正是跑步前进，我们用一年的时间跨过了平常用几年甚至十几年才能跨过的距离，成了本市唯一的省级示范性高中。我们也尝到了奔跑的乐趣，体会到了奔跑的力量。之二，取得了成绩，还要制定新的目标。"全市一流，全省知名，国内有一定影响的现代化高级中学"究竟离我们有多远？在省内的示范性高中中我们的排行如何？硬件上去了，像大学校园，但我们是否还缺乏大师级的教师和整体一流的教师队伍？我们是否有一个不断奔跑的团队？我们是否与学校发展的要求、是否与学生的推动相互和谐、相互促进、融为一体？之三，一个教师也是如此，取得一些成绩就沾沾自喜，停滞不前，不求上进，所谓的"骨干"也就不为骨干，所谓的"拔尖"也就不为拔尖了，所谓的"能手"也就不能成为能手了，所谓的"带头人"也就不为带头人了。后生可畏，长江后浪推前浪，年轻的队伍你追我赶，我们不奔跑行吗？

投篮原理——反思观

一位心理学家做过这样一个实验，把一些身体状况基本相同的学生分成三组，进行不同方式的投篮技巧训练。第一组：20天，每天练习投篮，天天记录，对每天的练习，不提任何要求，顺其自然。第二组：时间也是20天，只是要求每天花20分钟的想象投篮，投篮不中时，要求在想象中对此做出相应纠正。第三组：只记录第一天和最后一天的成绩，但在其余时间不再做任何投篮练习和要求。结果第一组进球率增加 24%，第二组进球率增加 26%，第三组无改变（无丝毫长进）。

启示：之一，一个人成为成功者的重要因素中，80% 取决于个人的"态度"等主观因素。每天练习了，坚持了，反思了，纠正了才能取得最大的成功。有什么样的期望，就会有什么样的信念；有什么样的信念，就会有什么样的态度；有什么样的态度，就会有什么样的行为；有什么样的行为，就会有什么样的结果。之二，学校管理不论是教师、学生还是其他干部都不能任其自然，任其发展。人性化管理最容易将人引入一种误区，就是以"我"为中心，自由主义、个人主义泛滥。一定的游戏规则，一定的管理理念，一定的教育方法，一定的规章制度必须遵守、遵循，才能创建一种有条不紊的秩序，取得循序渐进的成绩。之三，我们试过在脑内练投篮了吗？我们在想象中纠正我们工作和教学的不足了吗？投篮原理实际上与我们提倡的教学反思不谋而合。

砍树原理——环境观

有一则寓言大意是说：有一个人骑在树干上砍树，开始时砍下了一道深深的伤痕，不久树干被砍断了，自己也从被砍断的树干上掉下来，不但摔断了腰，手里的斧子还砍断了自己的一条腿。

启示：之一，记住不要轻易地伤害自己的岗位、自己的单位。学校就像一棵大树，教师是大树上的枝，学生是大树上的叶，谁都不伤害它，谁都浇灌它，谁都保护它，才能枝繁叶茂！之二，你在砍树，实际上在砍自己，枝断了，你也断了；枝残了，你也残了。我们常说，校损我损，校荣我荣，校以人兴，人以校荣，就是这个道理。之三，我们作为树上的一枝，能不能永葆生机，甚至开花结果，给一片土壤留下一粒粒结实饱满的种子呢？

破窗原理——制度观

研究者把两辆外形完全相同的汽车放在同样的环境里，其中一辆车的引擎盖和车窗都是打开的，另一辆封闭如常。结果，打开车窗的那辆汽车在几天内就被破坏得面目全非，而另一辆汽车却完好无损。后来，实验人员把完好无损的那辆车的窗户打了一个洞，仅仅一天工夫，车上的所有窗户都被打破，车内能拆能拿的东西全部丢失了。

启示：之一，当在管理中出现一些失误和不足时，当学校的一些公共设施遭到他人破坏时要及时改正和修补，否则这种失误、不足就会上升为一种缺点和错误，小的破坏就会变为大的破坏，不安全的隐患就会酿成大的后果。之二，谨防"第一次"的工作不上心，发生了第一次，往往会发生第二次。比如，学生有了第一次旷课就会有第二次，教师有第一次迟到就会有第二次。新生入学后要求再严些，让他们养成好的行为习惯，今后的3年管理起来就会相对轻松。新教师到学校后，严格要求，就会很快适应学校的规章制度和教学环境。之三，作为管理者，首先要关注的是决不允许任何人轻易地破坏学校的各项规章制度，不论是领导本人还是普通教师。在班级管理中也是如此。

苹果原理——价值观

美国《时代周刊》调查过两组人，一组有犯罪记录，另一组事业有成。面对同样的问题："在小时候，母亲做的哪件事情对你一生影响最大？"有两人讲到同一件事。有犯罪记录的人说：母亲端来一盘苹果，其中苹果有大有小，有青有红。弟弟抢着说要大的，遭到母亲的批评。其实，我也想要大的，但这样说会挨批评，就反着说。结果母亲很高兴，把大苹果奖励给我。那件事给我的印象是要想得到最多，就得说假话。另外一组的人却说：母亲端来苹果，我想要大的，可母亲说：你们都去除草，谁除得多就可得到大的。那件事让我懂得要想得到最多，就得付出最多的劳动。

启示：之一，要鼓励大家多劳动、勤努力，只有付出更多，才能得到更多回报。之二，做人要诚实、守信，一时的假话可以骗取一时的信任，但终究会害了自己。因为你今天吃的是苹果，明天吃的就是苦果。之三，要正确分析教育对象，辨别是非，不要被假象所迷惑。之四，学校教育要让学生树立正确的价值观，坚持"育人为本，德育为先"。在教书育人中要注意对育人点、育人场的研究。之五，德育工作无处不有，无时不有，德育是我们全体教师的事，而不仅仅是德育部门和班主任的事。

木碗原理——德育观

阿根廷有一个民间故事，说父母、孩子和爷爷一家人吃饭，因为爷爷手颤抖，经常把碗摔在地上，父母不耐烦了，就拿来一个小木碗，让爷爷在旁边的小桌上吃饭。一天，父母看到孩子正拿一块木头刻着什么。他们好奇地问孩子在干什么，孩子回答说："我在刻木碗，将来给你们老了用。"孩子的话令父母很震动，晚上又重新把爷爷请到大桌子上吃饭了。类似的故事，在中国也很多。

启示：之一，按中国人的传统美德看，人要尊敬自己的父母，在家里要当一个好儿子、好媳妇、好爸爸、好妈妈。在学校里就要做到爱生如子，就要教育学生尊师如亲，让他们尊重自己的老师，要知恩图报。之二，从教育的角度看，一件事做错了，要有勇气承认并改正错误。父母做错了，不矫正就会影响孩子将来这样去模仿，而矫正了就会给孩子产生另一种影响。对孩子来说，教师对自身的矫正行为是具有巨大教育震撼力的。之三，对学校来说，必须重视为学生创造良好的体验环境，加强校园文化建设。

钉孔原理——师生观

一个人脾气不好，问父亲怎么改。父亲说："你每发一次脾气，就在院子的栅栏上钉一颗钉子。"过了几天，他又告诉父亲："我已经好几天没钉钉子了，这些天都没发脾气。"父亲很高兴，又告诉他："如果一天不发脾气，那么就拔掉一颗钉子。"过了些日子，这个人又告诉父亲："我把钉子拔完了，现在坏脾气改掉了。"父亲拉着他的手来到栅栏边说："你看，虽然钉子拔掉了，但是钉孔都留在上面。你要记住，你伤害了别人是会在别人的心上留下伤痕的。"

启示：之一，一个人不良的习惯、行为是可以改变的，关键在做不做，能不能持之以恒。之二，好习惯、好行为对人产生积极影响，坏习惯、坏行为对人产生消极影响，而且两种影响都可能是一辈子的。人与人之间，要宽容，要大度，不要轻易伤害别人，要团结互助，和睦相处。之三，做教师的更应该注意避免对学生的师源性伤害，建立师生间的平等关系。教育家陶西平讲过一个故事：在一次聚会中，来的都是以前教过的学生。一个学生说他很想见某某老师，问他为什么，他说："二十年前，某某老师发现有人把他的名字写在黑板上，非常气愤，质问是谁写的，在场没人承认，他就认定是我写的，还不让辩解，叫我写检查，不然不许上课。我现在只想告诉他，真的不是我写的。"这是个埋藏了几十年的委屈，是钉在学生心上的一颗难以拔掉的钉子，我们不能轻视啊！

过河原理——主体观

一个学者乘船过河，当小船来到河中央，学者询问船夫到河对岸的距离时，发现船夫的语言有基本的语法错误，就很看不起船夫，说："你这辈子白活了！"船夫没说话。船继续往前走，忽然狂风大作，波涛汹涌，船夫问学者："你会游泳吧？掉在水里能辨别方向吗？"学者回答不会。船夫说："我的船就要翻了，你这辈子真是白活了！"

启示：之一，每个人都有自己的长处和不足，俗话说"骂人不揭短，打人不打脸"，不要轻易地对他人的缺陷评头论足。在某个方面他不如你，不一定在其他方面不如你。孔子说的"三人行，必有我师"就是这个道理。多元智能论告诉我们，各种智能本身没有优劣之分，好坏之差。每个人都有可发展的潜力，只是表现的领域不同而已。之二，可以设想，假定要让那个学者坐在办公室里设计游到对岸的方案，也许能设计出十多种来，但这并不意味着能在实践中解决问题。之三，现在我们的学校对学生的培养，还停留在注重"解答"问题的能力上，而在实践中，需要的是"解决"问题的能力。这也是新课改的理念。

蛙跳原理——动力观

有这样一个故事：两只青蛙掉到一个坑里，因为坑太深，上面的青蛙就对它们喊："别跳了，坑太深了。"一只青蛙果然没跳，趴在坑底，太阳出来被晒死了。另一只青蛙却一直跳个不停。外面的青蛙越喊，它跳得越欢，最后一跃出了坑。青蛙们问它为什么能跳出来，这只青蛙回答："我误会了。因为我的耳朵有点听不清，以为你们这么多人给我加油呢！"

启示：之一，每个人都有失误的时候，都有不顺心的时候。但受到挫折时，一定不要泄气，要咬紧牙关，要有一种必胜的信念，坚持坚持再支持，就像普希金诗："假如生活欺骗了你/不要忧郁，也不要愤慨/不顺心的时候暂且容忍/相信吧，快乐的日子就会到来/我们的心永远向前憧憬/尽管生活还有许多不快/一切都是暂时的，转瞬即逝/而那逝去的将变为可爱。"之二，给孩子多一些鼓励和动力，形成一个激励机制。同事之间遇到困难和挫折要多拉一把，不要干那些落井下石和幸灾乐祸的事。一个人总是会有失败，关键的是要鼓励他能够迅速地爬起来！

（发表于《甘肃教育》2008年4期，被《校长参考》转载）

诗歌之赏析

　　题记：我的第一本诗集《流动的梦影》出版后，引起了社会各方面较大反响，先有一些学校邀请我为师生作关于诗歌创作的报告。第二本诗集《不眠的思绪》出版后，有了更多的诗歌创作交流活动，2020 年 5 月，全国木兰书院邀我作了《诗歌之赏析》的讲座。在作报告的过程中，我把多年来对诗歌阅读、欣赏、创作的一些体会融入进去，时间一长，对诗的理解也渐渐明晰和透彻。借着整理此书，我又做了加工，整理成这篇《诗歌之赏析》文稿。

　　各位朋友，今天我为大家讲讲诗歌的话题，题为《诗歌之赏析》。主要有两个方面：一是诗歌的基本特性，二是结合我自己的诗谈谈诗歌欣赏，兼有创作的体会，也即"我说我诗"。

一、诗歌的特性

　　一般来讲，诗歌是文学体裁的一种，是以意象为主体，具有强烈节奏感和音乐性的语言。它是深刻的思想和饱满的感情，在创造性想象中交融一起而富于感染力的艺术。总的来看，我认为诗歌的特性主要表现在五个方面：抒情性、意象美、语言美、朦胧美、感觉美。

（一）抒情性是诗歌的基本特征

我们在平常经常会阅读一些文学作品，譬如小说、散文、戏剧和诗歌，这四类也是文学的基本体裁样式，它们也是有各自的特性的。诗歌的特性，我认为是通过抒情的方式来反映生活，因而抒情性是诗歌的基本特性之一。

那么，什么是诗歌的抒情性呢？郭沫若说："诗的本职专在抒情。"从文学的角度讲，诗歌的抒情性既是指诗歌用抒情的方式反映生活、表达作者的思想感情，而且通过抒情的方式来打动和影响读者。抒情也给诗歌的意象和语言赋予价值和意义，如果没有抒情，诗歌便成为无意义的、苍白的意象（或语言）之堆砌了。

李白《静夜思》："床前明月光，疑是地上霜。举头望明月，低头思故乡。"为何举头望到明月，低头便要想起故乡呢？在中华民族的集体意识中，"明月"代表着团圆，象征着故乡，这一意象承载了中国人思念故土的情感。因而，"明月"成为李白抒发个人情感的象征体，这便是诗歌意象抒情性的表达。

再如王维《送元二使安西》："渭城朝雨浥轻尘，客舍青青柳色新。劝君更尽一杯酒，西出阳关无故人。"运用"朝雨""轻尘""客舍""柳色""杯酒""阳关"这些意象，抒发依依不舍的离别之情，通篇未见感情的直接表达，但每个意象都与"情"紧密相关。诗的抒情之妙就在这里。

说到送别友人，就想起我的一个经历。二三十年前，我的一位好友，他的人生经历比较坎坷，将去新疆边陲。临别之际，我为他写了一首短诗："人间苍苍有也无，几度烟云几度空。有朋西出阳关道，大漠深处是绿洲。"表达朋友离别时我的留恋不舍之情，想到"西出阳关无故人"的诗句，寄予"大漠深处是绿洲"的祝福。忆起远处的好友，岁月苍茫，思接千载，可见古今诗人情感的表达是相通的，其传统绵延古今，这便是诗歌这一文学形式亘古恒久的魅力吧。

（二）意境美是诗歌的艺术特征

当我们看到美丽的风景时，有人会感叹道："那里的风景好美啊！"这是对情感的一种直观表达，而诗人不会这样直白，他是如何表达对美丽风景感受的呢？

李白的《望庐山瀑布》："日照香炉生紫烟，遥看瀑布挂前川。飞流直下三千尺，疑是银河落九天。"此诗写庐山瀑布飞流直下形成的如影如幻的景观体验，情景交融，意象巧妙，意境博大，极富空间想象力和视觉冲击力。可见诗歌主要是通过意象来营造深邃、优美的意境，借以表达诗人独特的个人情感和审美感受。

而另一首写庐山的诗所营造的意境，则给我们更为哲理化的体验，这便是苏轼的《题西林壁》："横看成岭侧成峰，远近高低各不同。不识庐山真面目，只缘身在此山中。"诗中至少有四组对比："横"与"侧"、"远"与"近"、"高"和"低"，以及"内"与"外"，这些最平常的意象构建出灵活的、多角度的审美视角，给读者以最贴近景观体验却又含义无穷的意境，"庐山"所提供的意境已不只是这一客观实体的直观美，而是引发了我们的哲理性思考，正所谓"言有尽而意无穷"。

有一首散曲是我非常喜欢的，即元代马致远的《天净沙·秋思》："枯藤老树昏鸦，小桥流水人家，古道西风瘦马。夕阳西下，断肠人在天涯。"这首曲子前几句均是普通意象的叠加，而最后一句"断肠人在天涯",笔锋倏忽一转,在夕阳的映托下,只有浪迹天涯的"断肠人"孤独寂寞、痛彻思念的身影。诗人用平常的词语营造出非同寻常的意境,给灵魂以强烈震撼,真是美得不可言喻。

我常想,一首诗只有境没有意,犹如一个死寂的世界;只有意没有境,便是一个空洞的口号。

(三)语言美是诗歌跳动的音符

诗要实现情感和意境的表达,要通过语言来实现。只有形象、精练且富于色彩、音响、动感的语言,方能给诗赋予色彩,描绘出一幅幅栩栩如生的艺术画卷,开拓出"柳暗花明"的艺术境界。

音乐指挥大师用魔杖般的手,调动着波澜起伏的音乐语言,诉说流动的思想和起伏的感情;绘画大师用激情和思考凝成的画笔,把红、橙、黄、绿等色彩合成出神入化的绘画语言,表现着不同凡俗的艺术思考和美学趣味;而诗人则用生花妙笔,把平淡无奇的文字,组合成优美而生动、准确而精练的诗歌语言,抒发满腔的激情。因此,语言是诗歌的血肉,是构成诗行的基础,更是情感表达的基础。

另外,诗歌的主要表现手段是通过语言诉诸读者直观感觉的形象和声韵,形象鲜明、声韵铿锵是诗歌的突出特点。尤其是古体诗,在声韵格律方面,比现代诗的追求更严格一些。

我认为,一首诗要能够准确地传达出作者的深切感受和情感体悟,不在于言辞有多么华丽和夸张,而在于你能否通过简练的语言、巧妙的意象去表达内心的情感,去引起大家的共鸣。因而,诗歌的语言应当精练。举两个典型的例子。一是"推敲"的来历：贾岛作《题李凝幽居》："闲居少邻并，草径入荒园。鸟宿池边树，僧推月下门。"反复吟诵，又想将"推"改为"敲"，为此犹豫不决、耗费神思，在韩愈的建议下，方改为"敲"字，敲门之响与月下之静相对比，一下子打破了月夜的静谧，妙哉妙哉！二是"绿"字的典故。据宋代洪迈《容斋续笔》记载，有个读书人家中藏着王安石《泊船瓜洲》的草稿，其中"春风又绿江南岸，明月何时照我还"一句，原诗为"春风又到江南岸"，王安石把"到"字圈出来，并在旁边注上"不好"二字，又改为"过"字，再改为"入""满"等字，改了十多次，方确定为"绿"字。可见一个字在诗里的分量。

诗歌创作的语言之美，常常来自诗人的灵感，但更为重要的是对语言美感与精练程度的苛求。唐代卢延让《苦吟》："莫话诗中事，诗中难更无。吟安一个字，拈断数茎须。"作诗之难，正如是说。

（四）朦胧美是诗歌的心灵外衣

在诗歌中，诗人情感的抒发并不是直接呼喊出来的，而是借助诗歌意象间接暗示出来的，这种"暗示"就是诗歌的朦胧美。诗歌朦胧美的直接体现，在于通过语言的精练、意象的暗示表现出丰富的内涵，总是叫人寻味无穷。

朦胧诗人如北岛、舒婷、江河、杨炼、顾城这些诗人的诗，有些读来让人似懂非懂，给我们留下很多需要挖掘和想象的空间。可见，诗人的情感不是直接表达出来的，其寓意是多层面的，同样一首诗，不同的读者可能有不同的感受，就像"一千个人眼中有一千个哈姆莱特"，这就是诗的朦胧美。

卞之琳的《断章》："你站在桥上看风景，看风景的人在楼上看你。明月装饰了你的窗子，你装饰了别人的梦。"他在谈到此诗时说，这种"世间人物、事物的息息相关，相互依存，相互作用"的"一刹那"的意境，往往是说不清道不明的，其表达是哲理的，其美感是朦胧的，这就是对朦胧美的一种诠释吧。

当然诗的朦胧感要运用恰当，过于朦胧了，就会让所有读诗的人摸不着头脑，感到晦涩，读诗就不是一种享受，而是一种折磨了。

（五）感觉美是诗歌的生命之美

诗歌能够最直接地体现诗人主观的感受和情绪，体现在诗歌的外部形式上，就在于通过意象和语言带给我们感性化的体验形式——感觉美。

感觉美不是靠诗人直接说出来的，而要靠读者的欣赏和感悟。比如顾城的《感觉》，大意是：天空是灰色的，楼房是灰色的，灰色的马路上，走来两个姑娘，一个嫣红，一个淡绿。这首诗的写作背景是二十世纪八十年代初，在诗人的目光中，整个世界都是"灰色"的，人的心灵世界也是"灰色"的，就在灰色的背景下，马路上走来两个姑娘，一个嫣红，一个淡绿，这个世界一下子变得色彩生动了，带给人们对未来的美好期望和向往。这就是诗歌的感觉美。

我曾写过一首《三月》："两本诗人的诗集/一冬，陪伴着我/一本是海子的/一本是顾城的。"我一直将他们的诗集放在枕边，有空便会拿起看看，尤其是海子的诗，我看得更多一些，优秀的诗会给人很深刻的印象，那种感觉让人难以遗忘。

诗歌的感觉往往与梦有关。我在《流动的梦影》的后记中说："写诗是我的痴迷……要说'痴迷'，我诗大半是梦境：三点梦三点记之，五点梦五点记之，好的意象，只怕一个转身稍纵即逝，一个梦表达了，又去做另一个梦……"我把这种经历写成了诗："我趴在被窝中/一点儿不敢动弹/不小心，转个身/一夜的梦/便稍纵即逝/只有，写下梦的文字/才会安然地睡去//醒来，是为了/备份一个梦//睡去，是为了/另一个梦的开始。"（《写作，是一种痴迷状态》）"打开天门/我看见远方/山脉追赶着山脉/云朵追逐着云朵/它们一并向大海狂奔而去。"（《梦回家乡·九》）"哈达飘飞的前方/河流在脚下延伸/远山如雪的岩石/飘荡在静静的河流里……//白牦牛踏过的湖岸/飞起对对白色的天鹅……"（《光影》）这种感觉，这种意象，便是诗歌追求的一种感觉美。

还有一首给我的大学友人的诗《信仰的高原——致仁青多杰》，记得上大学时，我们一块儿写诗，也一块儿办系报，怀着对文学的澎湃热情参加大学的诗社和文学社。毕业后，他去了青海工作。我在诗中写："你遥远的脚下是那遥远的高原/你神秘的身后是那神秘的古刹/一条河在你手指上波荡/一只鹰在你衣袖上盘旋/蓝天和白云在你的额头无声而过……"这个感觉我认为是非常好的。

以上是我讲的第一部分——"诗歌的基本特性"，主要从抒情性、意象美、语言美、朦胧美和感觉美五个方面谈诗歌的特点。除此而外，我觉得诗还要讲究"纯粹美"和"哲理美"。我们读过好多诗，有许多是诗歌爱好者写的，那些纯粹的诗作读起来是很美的，会给人留下深刻的印象。比如我第二部诗集《不眠的思绪》里有《玉之歌（5首）》，其中第一首《白玉》，我读给大家："是那样的纯净/是那样的润美/让我的目光/分享你的璀璨和亮丽/每天都会惊喜//玉在我心中/守住我的心/我在你玉里/此生不留尘。"纯粹的诗映射的是人的心灵，若一位诗人的心灵是纯净的、纯粹的，他就会写出纯粹美的诗作；相反，一个人的内心是灰暗的，他就写不出美的诗作来。另外就是"哲理美"，大家对北岛的《回答》应该非常熟悉吧？其中开头有两句："卑鄙是卑鄙者的通行证，高尚是高尚者的墓志铭。"再如顾城的《一代人》："黑夜给了我黑色的眼睛，我却用它寻找光明。"这里面体现的就是一种哲理美。再说到我的诗，在《流动的梦影》里有一首《转化》："白天追赶黑夜的时候/黑夜追赶着白天/白天是转化的黑夜/黑夜是另一个白天。"既是一个时空观，又是一种哲学观，还蕴含着哲理美。

二、我说我诗

前面第一部分，我谈了现代诗歌的基本特性。下面，我想和大家分享几首我写的诗，也结合自己的诗谈谈诗歌的创作与欣赏。既然是自己的诗，也叫"我说我诗"吧。

（一）《纯美之音》

> 当夜色沉寂的时候
> 有一种声音
> 那是心的声音
> 咕咚咕咚
> 很远也很近
>
> 当白昼升起的时候
> 有一种声音
> 那是光的声音

滴答滴答

模糊又清晰

大雪茫茫的时候

我们静听

雪花拥抱的声音

雨水绵绵的时候

我们细听

雨滴碰撞的声音

鲜花争艳的时候

我们轻吻

花瓣绽放的声音

果实飘香的时候

我们分享

绿叶成长的声音

……

那么

什么是最纯美之音呢

就是那些来自宇宙的天籁

在同一个梦里

吟着同一首诗……

这首诗曾发表在一些报刊上，还被艺术家谱写成歌曲，我是作为第一首诗选进我的《流动的梦影》里的。这首诗的第一节写夜晚时"心"的声音，我想到的是当夜色沉寂时，人们也进入梦乡，此时人和人之间便没了交流，这时万籁俱静、杳无声息，我们能感觉到自己的心跳，也能感觉到其他人的心跳。那么，心跳动的声音是怎样的呢？——"咕咚咕咚"，这里说的也许是人与人之间的心灵感应，也许是夜深人静的切切思念，也许很近，也许很远。

第二节写白昼时"光"的声音，当太阳升起的时候，便有一种声音——"那是光的声音"。光究竟有没有声音呢？目前的认知告诉我们，光是没有声音的，但诗中把光写成有声音了，因为我的第二种感觉"光"是有声音的，而且"滴答滴答/模糊又清晰"。这里就会让人联想到时间、时光和记忆。与时光紧密联系的是时钟，它的声音是"滴答滴答"的，流逝的记忆便是"模糊又清晰"的，我要表达的，即时光"滴答"而过时对某种记忆的或追寻，或伤感，或遗落。

这是诗的前两节，写"心"和"光"的声音。那为何不写作"时光的声音""心脏的声音"呢？这就是如何体现感觉美、语言美的问题。写作"光"能催生出人们进一步的联想，写作"时光"，其意象的内涵便固化了。把"心"写成"心脏"就没有一点诗的感觉了。写这首诗时，我用了一些拟声词，比如心的声音是"咕咚咕咚"、光的声音是"滴答滴答"，也细细琢磨了许久，类似于前面所讲语言美所举"春风又绿江南岸"的例子。

第三节写"雪"的声音，身在北方的人经常能够看到雪花飘落、大雪茫茫，但是雪花不论是从天上飘舞而下，还是掉落到地上，我们能够听到雪花"拥抱"的声音吗？好多人是听不到的，但是诗人能听得到，能感觉到。这种意境是非常美的，可以细想：大雪茫茫的时候，我们"静听"到雪花"拥抱"的声音，雪花在拥抱！像久别后的相聚、相逢，纯洁而静美。诗人在写这首诗的时候，内心也应是非常纯净、非常静美的。

接下来"细听"雨滴"碰撞"的声音，那是在绵绵雨水里。就像前面所言，常人是听不到雨滴"碰撞"的声音，但是诗人能感觉到，能听得到，甚至感知雨水的滋润，生命的成长。直至"轻吻"花瓣"绽放"的声音，"分享"绿叶"成长"的声音。在平常人的目光中，看到鲜花争艳，可能只觉得很美，但诗人不一样，他陶醉的不仅仅是一种芳香，而且是花瓣的绽放，且这种"绽放"是有声音的，不是诗人是感觉不到的。文学上，把这种修辞手法叫"通感"。我觉得，诗的写作大抵是要有感觉的，只有感觉到来时，才能在诗里自然而然地体现，且不会露出雕琢的痕迹。自然而完美的通感意味着诗人进入到通灵的状态，就像西方有人将诗歌比作神的语言，可能就是灵感而至时或痴迷或陶醉或欢悦甚或癫狂的状态吧。后面一节，写秋天来了，果实飘香的季节，分享绿叶"成长"的声音。实际上是一种哲理美，绿叶的成长意味着生命的成长，没有绿叶的成长、花朵的芬芳，也就没有秋天的"果实飘香"。

最后一节则把整首诗的境界提升到一个新的高度："那么/什么是最纯美之音呢/就是那些来自宇宙的天籁/在同一个梦里/吟同一首诗……"从自然界对诗人感觉的触动，到诗人生命世界的回应，对"纯美之音"的感悟一下子图腾升华了，就是"来自宇宙的天籁"，诗人整个的生命融入宇宙当中，生命与生命融为一体，梦与梦融为一体，"在同一个梦里/吟着同一首诗"，进入"物我两忘、天人合一"的一种超然境界。

（二）《中秋后的深夜》

深夜

万籁俱寂

马路上

人消失了

车辆不见了

只剩下

灯光照着灯光

树坚守着树

楼陪伴着楼

远处

是黑乎乎的山脉

山脉的后面

还是山脉

我想

还有静谧的小镇

与小河……

夜空

深邃得

没有语言

星光也逃逸了

稀疏得

找不到几颗

我站在露台上

一轮圆月挂在天上

静静的光

落在护栏和花架上

我望着月

月看着我

我们默不作声

很久，很久……

谁都不知道

　　这首诗有一个真实的写作背景。某年的中秋之夜，夜深人静，我睡不着，便起身来到阳台，银白的月光静静地洒落在阳台上，洒落在护栏上、花架上。花静静地开着，一轮皎洁的明月挂在天上，夜空静谧而深邃，再俯视楼下的马路，没有人，没有车，两排树在道路的两边默默地站立，橘黄的灯光透过茂密的树冠柔柔地挥洒在马路上，马路的对面是半明半暗的楼宇，远处是隐隐约约的山脉。此时此刻，我的心突然受到触动，就写下了这首诗。那隐约的山脉后面呢？或许还是山脉，还有静谧的小镇、流淌的小河……这就是此情此景下诗人的一种想象了。此刻，他人也许沉浸在团圆而幸福的美梦中，诗人却是孤独的，夜不能寐，在与月对望，与自然对话，"我望着月/月看着我/我们默不作声/很久，很久……/谁都不知道"，人月共鸣，天人一体。正如李白诗"举头望明月，低头思故乡"，令人暗自伤感，浮想联翩，就是一种意象美了。

（三）《多少次梦里》

多少次梦里

我挥舞长长的皮鞭

哀伤的土地

遍地落英

多少次梦里

我手举沉沉的地锤

古老的岁月

碎影穿空

多少次梦里

我揽着老去的父亲

宁静的山脉

夕阳坠地

多少次梦里

我摸着母亲的面容

冰冷的夜晚

满天星辰

多少次梦里

我拥着久别的爱人

心灵的彼岸

云牵雨追

多少次梦里

我在凝望

多少次梦里

我在哭泣

这是我第二部诗集《不眠的思绪》中的一首诗。我觉得作为一个诗人，一个艺术家，应该是多梦的。我们所熟知的一些国内外艺术家，他们的好多优秀作品，都是在半醒半眠、似梦非梦中创作出来的。我们说人应该有梦想，作为一个诗人，更应该有梦和梦想。诗人有了许多梦，他才会有许多的诗。诗人的梦里出现最多的是父母，我把有关父母的梦化作了诗行，比如《走失》《那年那天》《碎影无痕（其五）》《童年拾梦》《三八，写给母亲》《父亲的猎枪》《故土不眠》等，再如这首《多少次梦里》。我的父母去世早，我大学毕业后父亲就走了，还不到 60 岁，我女儿出生那一年母亲走了，刚 60 岁。自己成家立业了，父母却先后走了，对子女而言，是件很痛心的事。这首《多少次梦里》，我就写道："我挽着老去的父亲/宁静的山脉/夕阳坠地//我摸着母亲的面容/冰冷的夜晚/满天星辰。"有时，在"凝望"，有时，在"哭泣"。真实的梦境，就会产生抒情美的好诗。

（四）《诗人逝去的日子》

　　……

诗人抱着一条白美鱼睡觉

诗人抱着一条蓝美鱼写诗

诗人逝去的日子

我为一章诗而伤感

我为一颗粽而流泪

我看见草地上的诗人

手执扬鞭，怀揣诗集

悠悠行走在蓝天白云之中

我听见江边的诗人

他们从美丽的克里特岛而来

在一个绿色小屋弹唱千年古诗

诗人逝去的日子

我像沉积千年的黄土

让诗的犁铧翻腾得隐隐作痛

春天的风在身体里滋滋发芽

夏天的雨在眉梢上长出嫩绿

秋天，我会带一筐白圆土豆

捎给江边的小屋，草地的帐篷

我想，在冬天的牛粪炉火中

他们把我像土豆一样烤了吃了

只要他们是另一代诗人

　　《诗人逝去的日子》也与梦有关。中国古代著名诗人屈原在这天投江自尽了，但他在我的梦里又复活了，他"抱着一条白美鱼睡觉/抱着一条蓝美鱼写诗"。克里特岛是地中海上的一个岛，是希腊文明的发源地，"我听见江边的诗人/他们从美丽的克里特岛而来/在一个绿色小屋弹唱千年古诗"。著名现代诗人顾城曾在南太平洋的一座小岛上写诗，也在那里生活和逝去。而自己呢，"像沉积千年的黄土/让诗的犁铧翻腾得隐隐作痛/春天的风在身体里滋滋发芽/夏天的雨在眉梢上长出嫩绿/秋天，我会带一筐白圆土豆/捎给江边的小屋，草地的帐篷/我想，在冬天的牛粪炉火中/他们把我像土豆一样烤了吃了/只要他们是另一代诗人"。

作为一个诗歌创作者、一个黄土地上的诗人，写诗一度到了近乎痴迷的状态，会被折磨得既痛苦又幸福。把自己比喻成人们最熟知的家乡盛产的"土豆"，为了让我们能有一代一代的诗人辈出，为诗而殉情，"像土豆一样烤了吃了"。只要"江边的小屋""草地的帐篷"有更多的诗人诞生。这就是"江山代有人才出"的哲理美、境界美了。

各位朋友，以上我把自己对诗歌的认识和自己的几首小诗跟大家做了一个交流，粗浅也罢，真诚也罢，却都是我的所感与所获。诗歌是一种绝美而独特的文学体裁，人们可以去读诗，可以去爱诗，也可以去写诗。可能有些读诗、爱诗的朋友也会尝试去写诗，虽然每一个读诗的人不一定都能写出好诗，每一个爱诗的人不一定都能成为诗人，但是，能写诗、读诗的人一定是个爱诗的人，一定是个热爱生活的人，一定是个充满爱的人。我祝愿所有读诗、写诗和爱诗的朋友，成为一个热爱生活的人，热爱艺术的人，一个有爱心的人。这就是我这次讲座最后想表达的核心思想。

2021 年 12 月 21 日（冬至）

辑四

添景嫁衣

一个文化的新起点

——《师专人》序

　　浩瀚文学社是我校众多学生社团中较有影响的学生社团之一。前几天，文学社的社长张治贤同学找到我，说要出一本文学作品集，所选作品主要是近年来校报、《浩瀚》和中文系报发表的优秀作品，让我题个刊名。我略加考虑，认为还是命名为《师专人》比较好，既有特色，还能含纳三份报纸的不同层面。张治贤同学又要我为其作序，我欣然接受。随后他送来了作品集的目录，因为目录中的大多数文章以前我都看过，我的心中就有数了。

　　我一直想给各类社团的同学们送一句话："参与社团可以帮助学生锻炼才干，促进学生快速全面成长。"我在大学时，参加过校诗社、文学社，又办过系文学社，养成了对文学、诗歌的兴趣和爱好，它们也在一定程度上锻炼了我。今天，借这个作品集，我把这句话送给积极参与学生社团的同学们，希望同学们从中受到一点启发。

　　文士啸聚、文学结社的传统在我国源远流长，魏晋时代的"竹林七贤"就是一个著名的文学社团。为什么自古以来的文学爱好者们都特别喜好结社？我理解大概文学就像一块磁铁，它能把所有文学爱好者的心紧紧地吸附在一起。文学创作固然是一种个体化的思维活动，但是创作者们如果结为一个团体，能经常性地"奇文共欣赏，疑义相与析"，则不仅可以相互促进，而且还能营造一种适宜于群体生存的"气场"。

浩瀚文学社诞生并成长于定西师专人文荟萃之地，团结和吸纳了许多爱好文学的教师和学生，文学创作活动异常活跃，创作出了许多优秀文学作品，也成长起了一些在全市乃至全省颇有影响的诗人、作家和文学批评家。浩瀚文学社成立十年来，陆续出版过十几期报纸，数量不是很多，登载了老师和同学的一些文学作品，发表的作品有精品也有稚嫩之作，但对校园文化建设的贡献不可估量。我们从他们的作品里可以聆听到师专人弹奏文字的声音，感觉到师专人脉搏的跳动和情感的涌动。

从本质上来说，我是一个对文学有着深刻向往的人。闲暇时候，我常常喜欢吟诵古人的诗文，也喜欢将自己的所见所思所感以文学的方式进行抒发和表达。所以作为一所高校的行政领导，我何尝不希望我们的校园多一些文化的气息？西晋的曹丕曾说，"夫文章，经国之大业，不朽之盛事也"。意思是说，文章是关系到治理国家的伟大功业，是可以流传后世而不朽的盛大事业。今天的人们把文学看得远远不及曹丕那样高，文学甚至被日益边缘化，这其实是很悲哀的事情。但是，文学对心灵的净化和救赎功能，对提高一个人的人文素养、生活品位和生命质量所能施与的巨大影响，并没有随着时代的嬗变而有所减弱。恰恰相反，在升学竞争愈演愈烈、学生课业负担越来越繁重的今天，文学对舒解学习压力、释放疲惫身心乃至塑造美学素养，将会起到非常重要的作用。因此，我认为一个人若是在他的青少年时代，能与文学结缘，无疑是一件值得庆幸的事情。

爱好文学的人是有福的。因了文学，我们能较之其他人更敏感于日月经天、江河行地，更深地了解自然法则，洞悉宇宙奥秘；因了文学，我们能较之其他人更多地拥有人生理想和生活激情，我们的情感世界将由此变得更加丰富和绚烂。岁月风景在游走，同学们终有一天要从青春的征途中跋涉而出。待到那一天，当你们啜饮往事的美酒时，你们一定会发现——这坛经过文学所窖藏过的青春琼浆，原来是那么芳醇酽浓！

定西师专是一所建校时间不长的地方性高等院校，在艰难的办学过程中，凝聚了各级领导和全校师生的智慧和力量，从而凝练了"艰苦创业、无私奉献"的"师专精神"，培育了一代又一代"爱校爱生爱岗、勤奋朴实正派、博学进取乐观、团结合作奉献"的师专人。这本命名为《师专人》的文学作品集，不仅彰显了定西师专人对于文学、对于真善美的执着追求，同时也是师专人践行"师专精神"的生动体现。

在这里，我要感谢浩瀚文学社的同学，在繁忙的功课之余，他们将近些年见诸我校各种文学刊物的优秀之作汇集一册，使我们得以读到这些散发着清新和温暖的文字。这种默默为校园文化建设无私奉献的精神，令人钦佩，我相信将对繁荣我校学生社团起到积极的引领和示范作用。

我们祝福浩瀚文学社，愿所有的"浩瀚人"的事业像她的名字一样宽广；我们祝福定西师专，愿所有的师专人在新的起点上谱写校园文化的新篇章！

是为序。

2013 年 5 月

（《师专人》于 2013 年 9 月由甘肃文化出版社出版）

岁月的脚步与印记

——《定西师专发展纪实》前言

　　这是一部定西师范高等专科学校办学历史和发展历程的记录。历史是一面镜子，它可以照出我们的过去和现在，纵览成长脉络，评说成败得失；历史是一面旗帜，它能指引我们认清方向，发扬成绩，克服不足，继续前进。

　　定西师范高等专科学校从 2003 年 9 月成立，迄今已经走过了16 年辉煌历程。它的历史还可以追溯 1985 年 3 月成立的定西教育学院，甚至可以追溯 1979 年 8 月创建的定西地区教师进修学校。从这个意义上说，我们这所学校已经走过了整整 40 年的办学历程。

　　改革开放初期，百业待举，百废待兴。1979 年 8 月，在定西地区教育落后、师资力量薄弱的大背景下，定西地区教师进修学校得以建立，其主要职能是培训提高本地区在职初中教师。1981年 6 月，经甘肃省人民政府批准，学校改名为"定西地区教师进修学院"。1985 年 3 月，甘肃省政府办公厅下发《关于确立地区一级教育学院名称的通知》，学院更名为"定西教育学院"，以教师学历培训和教学能力提升为主要职能。1993 年它正式通过国家教委复查验收，成为定西地区唯一一所具有独立办学资格的高等院校。

　　2003 年，学校为顺应国家大力发展教师教育、扶持西部贫困地区教育、高校布局战略性调整及小学教师大专化的形势要求，抢抓机遇，果断决策，改建为定西师范高等专科学校，实现了从成人高等教育向普通高等教育的华丽转身。2003 年 9 月，秋高气爽，天朗气清，定西师范高等专科学校正式挂牌成立，学校进入了一个全新的发展阶段。

由一所成人高校改建为普通高校，是一个新的历史机遇，同时学校又面临着新的艰难课题。学校确定的办学理念是：以普通高等师范教育为主，兼顾成人继续教育，发展高等职业教育，立足定西，辐射周边，面向全省，突出师范特色，服务基础教育，服务地方社会经济发展。改建 16 年来，作为定西市唯一一所高等学校，全体师专人在极其艰苦的条件下，致力改善办学条件，加强师资队伍建设，不断提高教学质量，培养了 3 万多名中小学师资人才和各类建设人才，为当地教育和经济社会发展做出了突出贡献，赢得了良好的社会声誉，成绩有目共睹。

在长期创业育人的艰辛实践中，定西师专形成了"艰苦创业、无私奉献"的精神和"德才并重，求实有为"的校训。"师专精神"即是艰苦奋斗、团结协作、求实创新、积极进取、豁达包容的精神；无怨无悔、不计得失、坚韧不拔、迎难而上、勇往直前的精神。"师专校训"倡导的是德教与才教并重发展，以德为先；情感与理智并重修炼，全面提升；严谨笃实，讲求实际，锐意进取，奋发有为。全体师专人就是以这样的精神，在一片贫瘠的土地上默默耕耘，贡献智慧，创造了丰厚的社会价值，铸造了无愧于时代的卓越辉煌。

2013 年，定西市卫校并入定西师专。2014 年，经省委、省政府批准，学校整体并入甘肃中医药大学，并建立定西校区。于此，学校又进入了一个新的发展阶段。在学校发生重大转型的历史时刻，学校党委、行政深感肩负的历史责任，形成的重要共识是：定西师专并入甘肃中医药大学，并不是定西师专的终结，而是学校进一步发展的一次机遇，它的办学理念，它的创业精神，它的改革思路，它的辉煌成绩，令人感动和回味，值得总结和记录。有鉴于此，2016 年，学校组织人员撰写了这部《定西师专发展纪实》，用纪实的手法记录定西师专的办学历史，回首定西师专的感人往事。《定西师专发展纪实》共分三个篇章：第一篇章"发展历程"，概述定西教育学院时期和定西师范高等专科学校时期的发展历史；第二篇章"岁月回首"，收录在学校工作过的领导、教师和校友的回忆文章；第三篇章是"大事记"，以年谱的方式记载学校发生的大事。《定西师专发展纪实》既展示了学校踏踏实实前进的脚印，也展现出师专人自强不息的精神轨迹；既是教育工作者奉献教育事业的心血结晶，也是莘莘学子回报母校的感情实录；既是往昔岁月里交出的一份合格答卷，也是未来征程上扬帆起航的庄严誓词。

今年是定西师范高等专科学校建校 40 周年，《定西师专发展纪实》编辑委员会决定，在 2016 年编写基础上，对书稿进行再次修改和补充，正式付梓出版，以期达到"留凭存史，资政育人"的目的，同时向迈上不惑之年的母校献上一份厚礼！

《定西师专发展纪实》编写，得到了定西教育学院原党委书记黄河笑、定西师范高等专科学校首任校长崔振邦等老领导、老教师的关心和支持。谨向长期以来关心支持学校事业发展的各级领导、社会各界人士表示衷心的感谢！向为定西师专创业发展辛勤工作、奉献智慧的学校历任领导和教职员工致以崇高的敬意！向为《定西师专发展纪实》编撰工作付出辛勤劳动的编辑、作者表示真诚的谢意！

2019 年 10 月

（《定西师专发展纪实》于 2019 年 12 月由甘肃教育出版社出版）

华丽的转身与跨越

——《变革与发展》之序

改革开放以来，中国职业教育蓬勃发展，为我国经济社会发展培养了大批技术技能型人才。尤其是近 20 年来，高职教育迅速发展，现代职业教育体系全面构成，职业教育服务经济社会发展能力不断增强。随着我国产业升级和经济结构调整步伐不断加快，各行各业对高素质技术技能人才的渴求越来越强烈，职业教育现代化迫在眉睫。2019 年年初，国务院颁布《国家职业教育改革实施方案》，指出"没有职业教育现代化就没有教育现代化"，强调要把职业教育摆在教育改革创新和经济社会发展中更加突出的位置，对接科技发展趋势和市场需求，完善职业教育和培训体系。在此背景下，高职教育发展迎来了"两高计划"，即国家支持建设一批引领改革、支撑发展、中国特色、世界水平的高等职业学校和骨干专业（群）。国家建设职业教育强国的蓝图全面铺开，承前启后、继往开来，高职教育现代化的步伐不断提速。支持西部地区发展高职教育，对加快职业教育现代建设，缩小东西部地区职业教育差距，精准服务贫困地区经济社会发展需求，巩固脱贫攻坚等社会治理成效，推动乡村振兴战略具有重大意义。

该书是一部反映转型发展期中国西部贫困地区高职高专教育革新与发展的著作。近 20 年来，高专院校围绕"技术技能型人才培养"，积极转型或融合高等职业技术教育，由"高师教育为主"向"高师教育与职业教育并重"转变，经历了办学定位的重大调整和人才培养模式的深度革新。该书认为高职教育和高专教育人才培养定位和人才培养模式都有所不同，高职教育主要面向农业、工业、交通、能源、资源、生态环境以及城镇服务业应用型人才需求实施多科性职业技术教育，应突出区域特色；高专教育主要面向基层文化教育、事业管理等社会事业领域，满足地方基础教育师资需求的同时兼顾职业技术教育。随着社会发展对人才需求层次的提升，未来高专教育必将通过升本发展应用型高等教育，或向高职教育方向转型。

2003年，定西师范高等专科学校成立，在十年的发展过程中，主要开办了传统的师范类专业，语数外政史地物化生幼小体，幼儿园、小学、初中甚至高中，各类学科的专业师资培养基本涵盖，同时，开办了计算机、软件、网络、动漫、会计、文秘、测绘、生物技术等非师范即普通高职类专业。2012年为加快为地方经济社会服务，围绕定西市的中草药、马铃薯两大产业，开办了马铃薯生产与加工、中草药栽培技术两个专业。此时，学校的专业近达40个，由师范类和高职类两部分组成，师范类专业少，学生规模大；高职类专业多，但各专业招生少，总数不过学生规模的1/3。学校共有学前、政史、地理、中文、数学、物电、生化、外语、计算机、体育10个院系，其中学前教育学院由教育、美术、音乐3个系合并而成，是学校的第一个学院，主要是为了顺应国内、省内大力发展学前教育的形势，在省内高校中应该是走在前面的。

2013年3月，定西市卫生学校并入定西师范高等专科学校。定西卫校有着40多年的办学历史，在甘肃省内卫校中有着较大的影响和办学声誉，尤其是检验、护理等专业业内比较认可。并入师专后，对原卫校师资按专业归口，分三类融入：一类公共专业如思政、中文、体育类教师进入对应的院系；一类生物、化学和药学的教师进入生化系，成立了新的陇药学院；而主流师资如护理、检验、临床、口腔等成立了医学技术学院。在完成原卫校办学整体搬迁的同时，学校还积极申办了相关的医药类专科专业。

2014 年 4 月，省政府决定将定西师范高等专科学校并入甘肃中医学院，三年的过渡期，要求定西师专加快转型的步伐，逐步压缩师范类专业，发展高职类专业，尤其是医药类专业。三年中，学校加大师资转型的培训力度，实施青年人才资助计划，开始讨论院系的重组，要求年轻的教师向高职类转型，要求新成立的学院加快医药类专业的建设。过渡期内，财政供给由定西市政府承担，改革和发展接受甘肃中药大学和教育厅的指导。期间，甘肃中医学院定西校区，甘肃中医药大学定西校区先后挂牌，完成了"五部五室"的机构重组，原来的 10 个院系重组为医学、药学、人文、理科、学前与体艺 5 个教学部，原来的 11 个党群行政部门合并为综合办、党群办、教科办、学工办、后勤财务办 5 个办公室。定西师专名下成功申办了护理、检验、影像、康复、药学、药品生产技术等医药类专业，并招生。中医药大学也恢复和申办了 11 个医药类专科专业，在定西校区培养。

2017 年，定西师专归口省财政供给，人员、编制已移交甘肃中医药大学。可是，三年过渡期结束了，而定西师专的牌子仍然保留，继续招生。目前看，在校学生达近 7000 人，定西师专名下近 5500 人，中医药大学名下 1500 余人，形成了师范类、高职类、医药类三大专业群。

2019 年，又是定西师专建校 40 周年，从教师进修学院、教育学院，到定西师专的今天，可以说是师专人一步一步，脚踏实地，在"艰苦创业，无私奉献"的办学精神的感召下走过来的。尤其是2014年以来的5年合并过渡过程中，变数多，反复多，不确定因素多，受各种干扰多。但学校一班人不受外界的干扰，咬定青山不放松，滚石上山，爬山过坎，坚持"自主办学"和"转型融合"两条腿走路的方式，进行了提前5分钟候课制度、"理论+实践"考试改革、"2+1"教育培训、"121"督导模式、思政课"模块化"教学、"实习+就业"一体化、特色专业建设、就业创业团队组建、科研机构与课题研究、青年人才资助、教师转型培训、院系重组与干部培养、津贴分配制度等一系列的改革。持续不懈地加强内涵建设，充分挖掘内部的办学潜力，不断调动教职工的积极性，紧抓机遇，适时引导，变不利因素为有利因素，变合并因素为发展的因素。学校的办学专业更趋合理，办学规模不断扩大，人才培养不断加强，服务经济社会的能力进一步提升。

近年来，定西师范高等专科学校就是"在不断变革中求生存，在不断创新中求发展"，走出了一条贫困地区办高职高专教育的路子，是转型期中国高职高专教育发展的一个特殊又典型的缩影。学校在内涵建设中，尤其重视专业结构调整和人才培养模式的探索与创新，为了总结经验、寻找不足、持续改进，于2016年重点立项资助了"高职院校学生职业素养培育体系建设研究"课题，同期展开相关工作。而《变革与发展》一书，既是定西师范高等专科学校转型发展经验的总结，也是该课题的研究成果。该书重点从宏观和微观两个层面，对其办学定位、专业建设、课程建设、实践育人体系建设等进行了系统、客观的分析。既有经验总结，又有理论概括；不仅真实呈现了西北贫困地区高职高专教育的发展历程和现状，而且从侧面反映了当地职业教育管理体系和治理结构实际。是一部反映西部高职高专教育转型发展路径、发展成就和发展趋势的著作，值得职业教育行动者、研究者、决策者参考和借鉴。

由于时间紧，任务重，我们的水平有限，该书的系统性显得还不够完整，一些有一定参考价值的实践性、创新性成果还没有很好地总结和提炼出来，在今后的工作中我们将不断改进，臻于完善。

2019 年 4 月 29 日

（《变革与发展》于 2019 年 10 月由首都师范大学出版社出版）

教学艺术与书法艺术的完美合璧

—— 《老教案——朱训德先生教案手稿》之序

　　我最近读到一本特殊的集子《老教案——朱训德先生教案手稿》，选录了朱训德先生生前从教时的美术教案和语文教案。这部《老教案》的结集出版，得到了甘肃中医药大学定西校区和市档案局等单位的大力支持，它不仅具有文物收藏价值，而且对广大教师具有示范教育意义。

　　朱训德先生是我市教育界的老前辈，1959 年毕业于西北师范大学中文系，先后在岷县二中、定西卫校从事美术、语文教学工作。冬去春来，送旧迎新，在他从教的 40 年中，心无旁骛，安于清贫，带过 170 多个教学班，授课 18000 多课时，曾多次被评为模范教师、模范班主任。这里收集的语文教案和美术教案，是他一生教学生涯的结晶，从中可以窥见一位老教育工作者的品行、德操、追求和境界。

　　朱训德先生的教案手稿，首先给人的是一种感动和震撼。我惊叹一位教师竟然能够把备课的过程做得如此精美，简直是教学艺术与书法艺术的完美合璧，堪称经典。不唯有完整的教案目录、教学目的、教学内容、教学方法、过程设计和讲课后记，甚乃有严整的图表、精美的图案。那整齐划一的章法呈现、刚劲有力的硬笔书法、大字号的原文、小字号的批注以及红蓝两色笔墨的交替运用，构成了一页页美妙绝伦的画面。我们惊叹其严谨与认真、刻苦与敬业、传承与创新的特点，处处散发着浓烈的文化气息，时时展现着醇厚的审美情趣，耐读、耐品，有味、有趣。

朱训德先生的教案手稿，体现了他深入骨髓和心灵的"工匠精神"。古今成就学问者，大抵皆为求真务实之士，能够摒弃过多的物欲，心安于书斋一隅和三尺讲台，两袖清风，苦心钻研，实在难能可贵。哲人语云，"态度决定成败。"哲人亦言，"思维对了，你的世界也就对了。"做大学问如此，教书育人亦然。朱训德先生就是有这种正确态度和健康思维的人，他站立于讲台数十载，沉下心来教书，放开心来做人，如此师长，焉能不被学生称道？焉能不为同行推崇？焉能不出好成绩？他的教案，条理清晰，摘章引句，珠联璧合，一笔一画，从容淡定，绝非心浮气躁之辈所能为。如此楷模，确为教师风范，值得所有为师者崇敬和仿效。

教书是一门高深的艺术，非浅尝辄止者所能通晓。意欲教好书、育好人，做一名求真务实的工匠型教师，做一名苦心钻研的研究型教师，务求脚踏实地、一丝不苟。朱训德先生在教学中，不断总结经验、反思得失，以求达到最佳的教学效果。他在一篇美术教案中写下了这样的"讲课后记"："前几节上课，板书比较潦草，有些同学反映看不清楚，这是因为我没有考虑到教学对象是初一年级学生。"他为此深深自责，同时他感悟道："美术课本身就是美的教育，因此在今后教学中，板书、画画都应从美、从严、从规范要求，以感染学生，再听取同学意见改进之。"这是怎样的自我反省，怎样的严于律己，怎样的追求完美啊！有了这样的自觉意识和敬业精神，教师自身就有了足够的热度和亮度，去温暖孩子们的心灵，启蒙孩子们的心智，点亮孩子们的心灯。

朱训德先生在二十世纪六七十年代，曾为《人民日报》《甘肃日报》、甘肃人民出版社设计创作过大量的书画作品、题图、刊头等，1971年人民日报社编辑出版的《鲁迅杂文书信选》的书名题字就是他的手笔，其"魏碑变体"当属他的首创。他的书法功力，在他的教案中有充分体现，可以说，这本《老教案》是他教学艺术与书法艺术的完美合璧，既是教案经典，也可视作硬笔书法范本。

朱训德先生的教案手稿付梓出版的意义，不仅仅是对一位老教育工作者从业经历的展现，或对已逝先辈的纪念，更是为后继者提供一种示范，树立一个榜样。如果今天的教师能够从他的身上找到一点差距，获得一点启悟，汲取一点力量，从而以实际行动去践行作为一名教师应该履行的职责，则学生幸甚，学校幸甚，教育幸甚。

2018年9月10日

（《老教案》于2019年1月由甘肃教育出版社出版）

漫步校园　春香花醉

　　十年磨一剑，或者说功夫不负有心人，药学教学部贺莉萍、杨文玺两位老师的《校园药用植物》一书，终于要付印出版了。记得十年前，我给生化系的老师讲过，你们能否把校园里的植物普查一下，总共有多少种，分别叫什么名字，尤其是一些名贵树种、花种，可以设计成小标牌挂在植物上，让师生们路过时看看，大家就认识记下了，这对于学植物的学生来说更是一种帮助。我们不能仅带着学生到野外去辨认各类植物，反而掌握不了身边最基本的东西。后来，生化系做了一些工作，校园里的有些花、有些树上至今还挂着一些小牌牌，有学名，有简介，比如迎春花、连翘、榆叶梅之类。

　　近年，从定西师专到甘肃中医药大学定西校区，学校得到新发展，生化系也更名为药学教学部，专业进一步拓展，有了许多药学方面的专业和师生。当药学教学部贺莉萍主任把这本《校园药用植物》书稿呈现在我桌案时，我眼前一亮。该书对每一种药用植物从科属、别名、形态特征，到生长习性、主要药用价值进行了有序编排，结构合理，图文并茂，令人耳目一新。当打开书稿，浏览了校园图片和目录之后，看到第一页"油松"时，我不禁想起自己的学生时代。当年，我的植物老师讲油松和华山松针束的区别时，提到一个是"两针一束，短粗硬"，一个是"五针一束，长细软"，老师现场给我们讲解，现场让我们辨认，这样的教学让人终身难忘。

近年来，甘肃省把中医中药作为推动绿色生态发展的十大产业链之一，而定西因独特的地理环境和气候优势，成为全国道地、优势地产中药材的主产区之一。我校依山傍水，坐落于定西西岩山脚下，潺潺的洮河水从校园流淌而过，药用植物园绿意盎然。自1979年建校以来，学校已走过40年的办学历程，校园也由最早的两百多亩扩展到如今两个校区占地一千多亩的规模。"十年树木，百年树人"，四十多年来，学校在"树人"的同时，也一直重视"树木"，形成了"树木"与"育人"并重的优良传统。经过四十年的精心劳作，校园环境及后山绿化也大为改观。四季交替，我们工作、学习和生活在这里，路边是优美的风景，耳边传来琅琅书声，自然生态和人文积淀相得益彰。我有时信步于校园之中，见到路边或园中星星点点的花草，不由得想到我们校园中的师生，就如这花草一般，平凡而又独特，默默无闻却也独具芳华。

《校园药用植物》一书的编写，是对校本教材的研发，是一种有益的教学尝试和实践，切入点好，针对性强，很接地气，很切实情，对研究学习相关专业的师生来说既有参考又有帮助，对其他专业师生来说也是一本很有意义的读物。我们要感谢有这样一批敬业与乐业的老师，也祝愿我们的校园繁花似锦，阳光明媚。

2019 年 11 月 2 日凌晨

（《校园药用植物》一书于 2019 年 12 月编印成册）

竖放的散句

——《叙事与奥义》之序

素平女士邀我为她的诗集写序，一直忙于他事，没有动笔。但心里总惦着此事，诗稿刚发过来的时候，先浏览了一遍，感觉诗写得很好，大大出乎我的想象。以前读过她的一些散文，感觉纯美，故以"才女"相称，读了她的诗，深觉比散文更精美，令人惊叹！细细品读，她的诗有如下几点，值得赏赞。

诗心痴迷。正如她自序里所道，写诗虽时间不长，但对诗痴迷，到了一种忘我的境地，生活之所思，生命之所感，黑夜白天，梦里醒着，娓娓道来，皆为诗句，且一发而不可收。用她的话说，近三百首诗，写作时的感觉，像灵光闪现，应接不暇。

功底非凡。素平女士所学、所教皆与文学、文化有缘。从她的散文、论著中，即可窥见她读书如瀚海，从其诗文更可"窥一斑而知全豹"。她是一个能发掘文化之矿，并能提炼文化之金的人。故能高产、多产而精产。她的作品，内涵丰厚，包容万态，一花、一草、一石、一鸟、一心境，皆可为诗，既是享受，又是学习。

比喻精美。读她的诗，就像品茗叙旧，饮酒而欢，赏景而悦，既无乏累之感，又无无病之吟。心无旁骛，心静如水。平实中见精美，丽景中见奇特。每首诗，一气呵成；百首诗，一以贯之。有言道，"良禽择木而栖"，要读书，就要读佳作名著；要读诗，就多读读她的《叙事与奥义》吧，诗味耐品，诗意耐觅，诗境耐赏。

是为序。

2019 年 4 月 14 日凌晨

（诗集《叙事与奥义》由团结出版社 2019 年 10 月出版）

中医美学的脉动与体悟
——《中医美学思想探览》之序

中医药学是中华文明的精华，它以独特的理论体系和深厚的文化底蕴，成为具有浓郁民族特色的生命科学，并成为具有强大魅力的民族文化瑰宝。数千年来，中医药学在维护人民生命健康的同时，又以其丰富的人文内涵哺育着一代又一代中华儿女，使中华文明涓涓不壅、绵绵不绝，使科学精神与人文精神共融一体、相得益彰，使科学之真、道德之善、人文之美交相辉映、蔚为大观。

党和国家一贯非常重视对中医药文化的保护与发展。特别是近年来，更是从国家战略的高度提出对中医药文化的保护和发展。如 2016 年国家出台的《中医药法》《中医药"一带一路"发展规划（2016—2020 年）》中均有明确要求。中医药是中华优秀传统文化的主要载体之一，保护与发展中医药文化，是弘扬优秀传统文化的需要，也是提高国家软实力的需要。其哲学支撑、理论体系、实践经验博大精深，有可继承者，有可挖掘者，有可创新者，是实现中华民族文化复兴与国家软实力提升的重要内容。

越是具有民族性，越是具有世界性。中医药学诞生、植根、成长于中华大地，贯通于中华文化的儒道诸家，蕴含着中华文化的思想内核，显扬着中华民族的精神性格，具有鲜明的中华民族特色，成为中华民族的文化符号。在国际交流、民族交往日益频繁与密切的今天，在"一带一路"全方位合作的世界新格局之下，发掘、研究、弘扬中医药文化，对保障全人类的健康和推进世界文明具有十分突出的价值。

中医药院校负有培养中医药人才的重任，更负有弘扬中医药文化的职责。汪宝德老师出身师范，供职于医药院校，受学校浓郁的中医药文化氛围熏染，多年来师从中医专业老师学习中医理论，深有启悟和心得。他在广泛阅读中医古典书籍与其他传统文化书籍的基础上，融会阴阳五行理论，吸纳医理药理精华，结合传统美学思想，探求中医美学元素，将其归纳为混沌美、中和美、生生美、自贲美、圆通美、法象美、尚神美、崇仁美八个方面。内涵丰富，理论独到，创新颇多。尤可称道的是，他将《易经》、道家、儒家的哲学思想参合运用，作为中医美学思想研究的理论支撑，使其研究有根可寻、有源可求，彰显了整个中华民族传统文化一脉相承的特质，体现出中医药学与中国其他传统文化在美学追求上的一致性、贯通性。他的这一成果，是在中国传统美学思想指导下对中医药美学思想的探索，既丰富了中医药文化的内涵，又拓宽了中医药文化研究的空间，对发掘、研究、弘扬中医药文化具有一定的示范价值。就我而言，对书中有些观点、理论尚觉生疏，但经仔细阅读，也能深深体悟到博大深沉的中医之美。

在我与汪宝德老师的接触中，感觉他乐于探究，勤于钻研，善于思考，具有较深的语言文字功底和较强的写作能力。他之所以能勤读浩繁的古代医学典籍，并从中发现中医药文化之美，进而提炼为一种理论成果，得益于他所具备的这种特别的文化素养。他为弘扬中医药文化而孜孜以学的态度、潜心钻研的精神、勤耕不辍的毅力，也是对从事中医药教学和研究的广大教师的一种示范和引领。

愿该书早日刊印发行，以飨读者，不负汪宝德老师之苦心！

2019 年 5 月 1 日

（《中医美学思想探览》于 2020 年 4 月由敦煌文艺出版社出版）

附录

品诗蠡测：一束绽放的芬陀利花

军　贵

　　陆放翁诗曰："文章本天成，妙手偶得之。"是说天赋之于文章的重要，诗歌也许更甚。贾国江教授的两部诗集《流动的梦影》《不眠的思绪》在较短的时间里接踵出版，可见他是一位诗才不薄的诗人。

　　我是他的一个忠实读者，不仅认真地拜读了他的诗，而且仔细地聆听了他的诗。

　　诗歌是用来品味和朗读的，现代的朗读借助先进的手段可以存之久远，这是古人做不到的。

　　诵读其实很不简单，它是对诗歌的再阐发，再创作，赋予了诗歌更浓重的感情色彩。每一次赏听，都有一种新的感悟和收获。诗人营造的意境和氛围，如白雪仙子的妙声，悠悠而来，妙不可言……

　　这是一个媒体很便利的时代，所以我有机会听到他发在朋友圈里的一些诗作，而且每首必听。我在对这些诗歌的品味和聆听中，颇有一些感悟，所谓品读中的"蠡测"吧，随时记录下来，竟然成了一篇不短的文字。

《观无量寿佛经》中说："若念佛者，当至此人，则是人中芬陀利花。"芬陀利花在梵语中是白莲花的意思，象征念佛人如莲花出淤泥而不染的品质。我喜欢贾国江的诗，愿意将他的诗比作芬陀利花，不是矫情，也不是过誉，是真实的感觉。

《你是一棵树》

这棵树：若在幽谷，或在山巅，若为沙漠古木，或为山野新林，若在阳光朗照之下，或在云雾缥缈之中，若为父母高岸的身躯，或为情侣温婉的手臂，亭亭玉立，生生不息……

听一位叫"边城"的男子诵读这首《你是一棵树》的时候，起初我在用餐，不知什么时候，我停下了筷子，听得心醉，它给人的是温暖、信心和力量，让人回味、回旋和向上……

谈论贾国江的诗，谁都有这样的感觉，它是《流动的梦影》中的美篇。而边城的朗诵，雄浑、厚重、文采飞扬，成为流出纸面、飘逸时空的一曲天籁！

《纯美之音》

诗人以"心"为声，用心聆听自然界光、花、雨、叶发出的纯美之音。意向精纯，诗笔灵秀，意蕴深沉。

用心聆听大自然的声音，你会发觉，生活多么美好。

所有的繁华，纷乱，困扰，不过是因心而起，拿起，放下，恬淡，皆在一念之间，或风生，或水起，或浪涌，不过是心的波澜。

这首诗是诗人清、正、雅、和的人格写照，也是《流动的梦影》中一曲灵光焕发之作。

《母亲》

读过多遍，听了三遍，咀嚼了好多遍。

对于母亲，诗人奉上的是一缕带着绿色的思念。由春忆念母亲，给人一丝温暖的感觉。春天播下豆粒，麦苗青青，这是多么惬意的景象！梦影流动，思绪不眠，春天暖阳，思念亲人，仿佛照见泪滴的晶莹，让人感叹无尽。

《老概念》

这是诗集《不眠的思绪》第一辑"碎影无痕"的最末一首。

老去的是岁月，不变的是思亲；老去的是庄屋，不变的是乡情；老去的是花木，不变的是草根。

因此：今人不见古时月，故乡风月寄余情！

《南海记忆》（组诗）

向往南方，缘于远行；感受南海，思绪无绝。
作者笔下的南海，是生命的海，感性的海。
深情、畅怀、舒展、丰富、纯美！
诗人在艺术上有着富有个性的探索，他没有陷入借景抒情的模式，而是集中笔墨来倾吐自己的心声，迂曲婉转地揭示出复杂的心理活动和细微的思想感情，呈现出情深意曲的艺术特色。

校园写生（5首）

五首诗，五幅画，五首歌。

有春的气息，有夏的热情，有秋的丰盈，有冬的纯洁。

热爱生活，热爱工作，热爱学校，热爱诗歌，若没有大爱和远方，就没有"校园写生"精美佳作。

一般来说，提起"校园"，就想到稚嫩。在这里，却是充满成熟和冷静。

《夜》

《夜》给人以淡美之感。

素处以默，妙机其微。犹之惠风，荏苒在衣。脱有形似，握手已违。

诗中奇美的情景里，诗人自己也完全陶醉了：宁静的夜里，有光，有云，有星，有雾，把读者引入了奇异的境界，又给读者留下了无限的想象空间。诗写得清幽、典雅，有着古典诗词的意境和韵味，如一首小夜曲，流过人们的心田，给人美的享受。

《写作，是一种痴迷状态》

这是作者对诗深刻的理解，也是对诗人自身状态的真实描摹，即写作是一种痴迷状态。

有对诗的痴迷，才有清醒的诗。

诗之于笔者，犹如呼吸之于生命体一般重要。他的诗歌极少诗歌知识的污染。也就是说，他没有花心思往完善技巧这一条道路上跑，却保持了写作的一种自然状态。

我粗浅地认为，诗人只要忠实于自己的感觉，就可以了。

《白夜酒吧》

"天意怜幽草，人间重晚晴。"

这是出自唐代诗人李商隐《晚晴》中的诗句。诗写雨后傍晚天色转晴的景象与感受，寓意珍惜时光，不负韶华。

《白夜酒吧》似乎也有同样的况味。

诗人不顾旅途风尘之累，徜徉成都街市，寻访诗友，却见黑白反衬的白夜标识，大屋黑桌，烛光烁烁，未能见到昔日诗友，故冷清酌饮几杯后返回。这番描写，令人吁叹，足见诗人对昔日诗友的重情，对诗歌创作的痴爱！

《清明》

这是清明时节诗人献给已故父母的一首祭歌。

"我就是荒草中的一枝/叶，为父母绽绿/根，为父母延伸"，这是对一个人精神根脉的诗化诠释。

《海之歌》

没有不寻常的天赋和执着，没有丰富的情感和性灵，没有对大自然微妙的洞察和感悟，没有对生活的大爱和执着，就不会有《海之歌》这样的诗。感情凝重深沉而富于变化，格调雄浑奔放而激动人心。

雨果说：大地是宽阔的，比大地宽阔的是大海，比大海更宽阔的是天空，比天空更宽阔的是人的心灵。

诗人意溢于海，包容万象，要拥抱大海，奔向自由，让自由之声传遍天涯海角，让自由之光照亮夜空，让自由之树绿遍荒原，让自由之波滋润万物。自由，在诗人的心目中，正如一轮喷薄而出的朝阳，光芒万丈！

这是海的赞歌，海的恋曲。十首组诗，宛若十首雅乐。结构别致，意向幻化，诗句优美，性灵绽放，绮丽婉约。诗人纵情歌唱大海的精神气度、性格力量，实际上是表达对自由的景仰，对大自然的礼赞。

再听《海之歌》的诵读，诗境、诗情、诗意，更其浓烈。

《跨界之约》

跨界时空，语境独特，直抒胸臆，文笔奇妙而秀丽，思域广阔而遥远，情感真挚而细腻，诗歌升华于大雅人生，诗道言志于和谐性灵！

《故土不眠》

故土不眠，初心依旧。五首诗，五幅画，五曲雅乐。读得浅了风景如画，读得深了催人泪下。

山川河流，故里老宅，一草一木，一瓦一石，一树一鸟，一邻一里，柴草盐米，热炕红被……都是诗人写不完的心声，说不完的心事。

虽未过多描述严父慈母，祖训家风，但从诗里行间，可以读出父亲的严而厚，母亲的慈而爱，儿子的孝而深。悠悠岁月，寸草春晖，父母恩重，儿女情长，虽然父母走了，但是故土不眠，思念深深！

再听随音乐飘来的诵读，仿佛看见深秋黄昏的故土，草淹瓦落的老宅，门洞穿行的身影，傍逸斜倒的河柳，还有忠诚相伴的"黑虎"……听罢，不觉泪流满面。

读《女儿》组诗感言

据说，女儿曾是爸爸的
前世恋人
隔海遥望
月如弓
缘
像一根无形的线
一头拴住女儿的右腕
另一头
拴住了爸爸的心尖尖……

先生如此美妙的诗句到底从哪里来？我反复琢磨，从热爱里来，从生活中来，从深情中来，从生命里来！

赏读《国庆之约旅行之五》

诗人如北雁南飞，倾情捕捉大自然无尽之美，通过视、听、闻、触，描写湖光绿野，杜甫草堂，大漠孤烟，花果树木跃然眼前，借景抒怀，感念时光之流逝，昨日之游如梦如幻，此旅此景此情构成了一幅幅《流动的梦影》，让人叹为观止……

《拾梦校园》

光阴荏苒数年过，
桃李千枝岁蹉跎。
韶华如水时如梦，
春风徐来梨花落。

《等你》

等你，它是一季花开，在时间无涯的荒野里，把所有的美好与向往注入这等待中。

等待，跟着我们生命的脚步在走。如果用一生的时间等一个人，那个唯一送我一枝玫瑰的人，也值。

《母亲，你何时回来》

该诗情景交融，往事潮涌，诗笔流畅，荡气回肠！

诗人徘徊在空寂老院，庄前屋后，看到人去宅空，浮现往事历历。貌似写景，实为一首念母文字，字字入骨，表达诗人念念不忘母恩，时时常怀感恩，处处心存报恩，感人泪下。

诗人的职责重要的不是创制一种思想，而是尽可能地刷新一部分习见的事物，让有缘看到它的人们获得前所未有的新鲜感受。

《破季而出》

这破季而出的诗句，如四月的一枝风柳，像五月的一朵白莲，似故乡的一眼清泉，让人心柔似柳，心净如莲，沉静如水……

"生命的真实/不在一炷香里淡化/就在一杯酒里绚丽""母亲的笑容/像沥沥之雨/落在我茫然的脸上"这样美妙的诗句，是对生命的感悟，讴歌母爱的无私和伟大。

读《耿老八秩寿宴祝词》

师者，传道、授业、解惑也。

这是一篇写给一位长者也是恩师的祝寿词，可用六字概括：忆旧、精美、感人。

时间会冲淡往昔，岁月会淹没记忆。然而，懂得感恩，就会使过往的岁月如日常新。

没有丰博学养的诗情，恐怕很难脱稿而出这样精彩绝伦的祝寿词！

难忘昨夜：贾国江诗歌专场朗诵会

一场诗歌朗诵会
精神盛宴

一夜夏雨
接受艺术的沐浴

原来诗歌
可读可诵可乐可歌
方称之为诗歌
除了震撼
便是感动

聚匆匆
散依依
梦影仍在流动
思绪亘古不眠……

"窥一斑而知全豹，饮一瓢而知海味。"诗人是一位有着丰富情感的诗人，有着深沉爱心的诗人。他的诗，以仁孝和大爱为根脉，以生活厚壤为枝叶，以人生感悟为花果，诗品清逸，诗格高妙，或许，我在品尝贾诗时以蠡测海，未能品出其真味全味，但我能算得上一个忠实的读者。在我的心中，贾诗可谓是一束绽放的芬陀利花……

2021 年 10 月

军贵，本名单军贵，系甘肃中医药大学定西校区人文教学部（原定西师专中文系）教师，定西校区工会副主席。

爱心温润于后学　激情澎湃于诗行

——贾国江先生其人其诗

杨峻坪

贾国江先生托人给我带来他的新诗集《不眠的思绪》，甚是兴奋，遂开卷捧读，先睹为快。它是继诗集《流动的梦影》之后推出的又一力作，收入了作者近几年新作200余首，分为"碎影无痕""破季而出""故土不眠""大地之声"四辑，情感丰富，诗情澎湃，耐人寻味。激动之余，写下个人感想。

贾国江先生是我的大学老师，深受学生爱戴和敬重。他是一位充满教育情怀的教师，爱岗敬业，热爱学生，为人师表，甘当"铺路石"，是学生的"引路人"，也是"大先生"。他又是一位富有才华的学者，学识渊博，潜心学术研究，探索真知，学术成果丰硕。他更是一位情感丰富的诗人，其作品既有浪漫的一面，又根植于现实的土地，既豪放又柔情，刚柔相济，收放自如。

一位充满教育情怀的教师

教师是贾国江老师的终身职业，陕西师大地理系的丰厚积淀，奠定了扎实的教学根基。他情系教育，热爱学生，激励后学，孜孜不倦。他是一位充满教育情怀的教师，正因为有热烈的教育情怀，才有今天的桃李满天下。正如春天有孕育情怀，才有生根发芽；夏天有生长情怀，才有枝繁叶茂；秋天有收获情怀，才有硕果累累；冬天有童话情怀，才有雨雪霏霏。

爱是教育的灵魂，没有爱就没有教育。他对学生的爱体现在行动上。记得我们上大学的时候，一次贾校长准备装修房子，我们几个同学周末闲着无事，便帮他将装修材料背到楼上。这样一点付出，对于我们这些正值青春年少的大学生来说，不过举手之劳，而贾校长却执意要请我们吃饭，表达心意。他很高兴，戏称这是一次"周末师生联谊活动"。他说："今天你们有劳动，也有消遣；给我帮了忙，也锻炼了你们，更重要的是加深了咱们师生之间彼此的感情，不亦乐乎?"说完朗声大笑。如果算钱的账，这顿饭远远超过了雇一个民工的花销，但贾校长就是这样，爽朗，大气，其潜意识里深藏的是对学生的爱，还有一点"私心"。

没有教育境界的人，永远无法做到真正的传道、授业、解惑；没有教师情怀的人，永远成不了育人之师。贾国江老师就是这种有教育境界和教师情怀的人。他非常关心我们的成长，经常深入学生中间，鼓励我们勤奋学习，帮我们进行生涯规划，指导我们就业创业。他尤其关心我们这些家庭贫困学生，在他的关心下，我们利用假期为学校看门、值班，做一些勤工俭学劳动，以弥补拮据的生活。他还教导我们树立良好品德，尊敬老人，善待弱者，关爱学生，做学生心目中最好的老师。

通过师生之间的频繁交往，我和贾校长成为忘年交。直到我工作之后，他还经常打电话或发微信，教导我好好教书，不辜负学生和家长的期望，并鼓励我坚持做学问，用自己的实力挑战学术上的难题。

"人世间最远的距离，不是你不认识我，而是我是你的学生，你却叫不出我的名字。"如果面对自己的学生，你竟然叫不出他的名字，或者对他毫无印象，你知道学生有多么失望？而贾国江老师从来没有给过学生这样的失望，只要是他教过的学生，或者是与他有过交集的学生，他都能叫出其名字，甚至说出一些学生的特征。他是校长，但他没有人们想象的那种距离感，却有着长者的亲切和慈祥。他表面威严，内心却很柔软，尤其对家庭贫困的学生，时常给予照顾和关爱。他对教育有爱，对学生有爱，所以才能走进学生的内心，唤起学生情感的共鸣，永远留住学生感恩的记忆。

"一个人遇到好老师是人生的幸运，一个学校拥有好老师是学校的光荣。"我的幸运，就是此生遇见了贾国江这样的好老师，走进了定西师专这样的给予我乳汁般营养的学校。

贾国江老师是一棵树，是一棵给人留下深刻记忆的树。我最欣赏他的诗《你是一棵树》，我曾把它背了下来。诗中写道："你只承诺——做一个大地的儿子。"作家山泉评论这首诗："没有狂想，也没有灯红酒绿，有的是成熟、坚定和顽强，有的是冷静与深邃，有的是坚持与坚守，有的是诗歌内在的律动。"这样的承诺，是诗人的灵魂写照，他不在乎自己是一棵什么样的树，有没有春华秋实，只学会忍受冰霜，学会坚韧、梦想和成长，云去鸟飞的时候不再寂寥，狂风雷电的时刻不惧侵袭。我时常把贾国江老师想象成这样的一棵树，成为立在我心中的一支标杆。

一位才华横溢的学者

贾国江先生是一位富有才华的学者。他毕业于陕西师大地理专业，有着丰厚的专业积淀。地理系的同学说起他的课，说他专业扎实，学识渊博，充满朝气，富有激情，对他赞誉有加。我听过他的讲演，语言朴实，谈吐幽默，以清晰的条理、幽默的语言、谦虚的风格、深刻的哲理，紧紧抓住每一位听众的心，进而产生强烈的共鸣。

听学校的老师讲，贾国江的副教授职称是破格评上的，晋升教授时才40岁，是当时全市最年轻的正高职称教师，也是全市唯一的教授。他是教学领域的骨干，也是科研的领头人，学术成果显著。他获得过全市"十大杰出青年""优秀教师""拔尖人才""领军人才"等荣誉称号。先后出版专著及教材10部，发表论文40余篇，散文、诗歌500余篇（首）。他有3篇论文被国内权威性期刊《中国人民大学报刊复印资料》全文转载，是定西师专至今转载数最多的老师。他的学术成果和文艺作品曾获甘肃省"五个一工程奖"、社科成果三等奖、高校教学成果奖、基础教育研究一等奖、"我心目中的好老师"征文一等奖等。其中在甘肃省第十六次哲学社会科学优秀成果奖评选中获得三等奖的《大学生创新创业教育（教材）》，虽然奖项等次不是太高，但它是全省哲学社会科学领域最具权威的奖项，重点关注在基础理论上有创新价值、在解决实际问题上有应用价值及重要贡献的优秀成果。贾国江的科研成果荣获这个奖项，填补了甘肃中医药大学定西校区（定西师范高等专科学校）在这个项目评奖上的空白。

贾国江是一个具有丰富教学管理经验的领导。他担任过定西一中校长、民盟定西市委主委，现在是甘肃中医药大学副校长、定西师范高等专科学校校长。在担任定西师专校长职务的十多年中，学校在艰难中起步，在探索中发展，办得很有声色，取得了良好的社会声誉。前几年选拔大学毕业生入职上岗考试，不论是农村特设教师岗位，还是"三支一扶""进村进社"，全市各县名列前茅的几乎都是定西师专的学生，很多毕业生成长为中小学校的教学骨干。

　　贾国江先生虽然担当重任，但仍然忙里偷闲，赋诗练字。在行政和教学工作之余，依然热衷于文学艺术，勤于创作。2016 年出版了诗集《流动的梦影》，2020 年又出版了诗集《不眠的思绪》。《流动的梦影》出版后，不久二次重印，全国各大书店、网店有售，还被北京大学等国内高校和省市县图书馆收藏。作为一名大学校长，其在文学上的突出成就，对于这个学校文化氛围的感染无疑具有特别意义。在文学写作的课堂上，有些老师把他的诗作为范文介绍给学生；在学校举办的文艺活动中，同学们拿他的诗来朗诵；在这个媒体发达的时代，他的诗更是时常出现在老师和学生的微信群里、朋友圈里、抖音直播间里……

一位情感丰富的诗人

　　贾国江先生情感丰富，寄情于诗，痴迷于诗。他的诗歌既浪漫，又沉静；既豪放，又婉转。"你睁开双眼/鸟友欢聚身边/拥戴你的歌声更加婉转/一群斑斓的小鸟/从旋转的树丛里/像灯火一样腾空而起""今夜，我将远海而去/把铜钥匙留在岸上/不知你，打开/一扇无色之门/还是透亮之窗"，这是《海之歌》组诗里的两节，评论家山泉刘晋寿先生敏锐地评价道："贾国江的诗一方面具有强烈的浪漫色彩，想象丰富而瑰丽；另一方面具有婉转与温馨的韵味，沉静而纯美。"

　　先生的诗歌热情奔放，汪洋恣肆，自由豪迈，同时又沉静而纯美，让人柔肠百结。"一曲淡淡的清香随风悠然"，"挽着你散发馨香的腰肢"，光濡雨染，明月如镜，可以看见现代人崇尚自然美的表达。

在语言方面，他能放手使用词语，无拘无束。燃烧的激情给他的诗歌语言提供了广阔的表达空间。他的比喻往往是出奇且贴切的，"一团火焰燃放/母亲端坐火中/慈祥地对我微笑/化作一朵莲花/升空而去"（《梦回家乡》）。他的诗充满对青春和岁月的回味，父母、家人、亲朋，在他的诗中都是故事，更是追忆。

梦想是创作的源泉，梦想让人永葆青春。梦想最大的意义是给予我们一个方向，一个目标。生活若失去理想、梦想、幻想，那生命便是一堆空架子，也就没有诗。贾国江先生说："白天黑夜，醒着梦里，我都与诗有缘。"一个梦，就是一首诗。他常常半夜起来，将梦境写下来，就成了诗。他说，好的意象，稍纵即逝，只怕一个转身，就消失得无影无踪。于是他总是不辞辛苦，披衣而起，写下梦境，成就诗。一个梦结束，打造成诗，又去做另一个梦，开始一个新的目标。"梦影"和"思绪"是精神和灵魂的象征，是对过去和未来的探究，更是为当下和时代的发声。"梦山了/梦水了/我就写诗了"（《梦》）诗与梦，在贾国江的世界里，构成了这样不可思议又美不胜收的关联，让人为之惊喜叫绝。

写到这里，我的心情久久不能平静。读贾国江的诗，犹如发现爱的种子在和煦的春风里生根、发芽、开花、结果，引领人们向着美好前行："如果你曾经历过冬天，那么你就会有春色！如果你有着梦想，那么春天一定不会遥远；如果你正在付出，那么总有一天你会拥有花开满园。"读贾国江的诗，我们能感觉到他对未来的寄想："我们的灵魂永不贫瘠/我们的生命永远充实/我们不会乞求雨露和阳光/坚定地做这片大地的主人"（《大地之声》组诗）。

文采承殊渥，流传必绝伦。《流动的梦影》和《不眠的思绪》

两部诗集出版发行以来，得到文学评论界和读者的热烈反响，也吸引了不少朗诵爱好者的喜爱，大家以组织诗歌朗诵会、读书会、诗歌赏析等多种形式诠释该作的韵律和意境。这是我能想象得到的。

读贾国江先生的诗，是一种享受，是一种心灵释放，是一种精神寄托。正如彭金山先生所说："读贾国江的诗，我首先为他对诗追求的真诚和执着所感动……从爱的坚守到对乡土的依恋，从对周边事物的体味，到在自然的山水间飞翔，贾国江先生有自己的诗梦、诗思、诗情，诗歌的精神是自由的，既如流动的影子，又似梦一样飞翔。"

我为我的老师诗歌的成果欣慰和骄傲，更期待老师在诗歌的园囿里绽放更加绚丽的花朵！

2021 年 10 月 10 日

杨峻坪：中学正高级教师，中国民协会员，甘肃省家校合作教育协会秘书长，定西市作协会员。

诗，或在梦境中舒展

——品读贾国江诗集《不眠的思绪》

张　慧

　　虽然我不会写诗，但我对本土诗人诗歌的创作有着很热切的期待，期待那种空灵而隽永诗歌的呈现，或有超凡脱俗的诗人现身于诗坛。然而眼见文学期刊诗歌的页面逐渐暗淡，总是让这期待一再落空，不免有种秋风萧瑟的悲凉。我不否认某些本土诗人的写作表现出一些来自天然的才情，显示出某种成熟的迹象，但我大抵能够预料到他们写作的方向，以及充其量达到的高度。这样的期待一直折磨着我，反倒让我将目光投向那些不大被人注意却真正具有独特个性的诗人的作品，我从他们的作品里感受到了撼动心灵的一丝味道。

　　贾国江就是这样的诗人。

　　贾国江的诗是一种比较奇特的现象。他学的是理科，钟情的却是文学。他面子上是不苟言笑的行政领导，里子里却有诗人的浪漫。他仰慕诗神很早，大量创作诗歌却是在中年。2016 年，出版了诗集《流动的梦影》（后简称《梦影》）。2020 年，又出版了诗集《不眠的思绪》（后简称《思绪》）。《梦影》甫一问世，评论文章誉声不绝，朗诵诗会频频举办，既有多媒体配乐朗诵之推广，又有北大图书馆收藏之盛事，其情其景，在当今省内文坛都是少见的。《思绪》所收作品，乃为其后两年之内的新作，从时间的长度说，颇有诗情奔涌、一发而不可收之势。

《思绪》问世之后，有人从诗集命名的角度谈论它与上一部《梦影》创作上的不同，认为《思绪》有从梦境与虚幻回归现实和理性的倾向。而我则认为，贾诗仍然保持了不受时空概念羁勒、意象诡奇纷出、想象新奇瑰丽的风格，他依然于梦境中捕捉诗的意象，驰骋他的想象。而这样的诗并不是漫漶和虚幻的，乃是现实生活具有浪漫色彩和朦胧方式的表达，反映诗人现实中的疼痛与无奈，精神上的向往与追寻。

贾国江是一个对诗怀有朝圣般虔诚的人。诗之于贾国江，犹如呼吸之于生命一般重要，他对诗的情感有一般人不能理喻的热烈。我见到许多次，现实中总有一些物事搅得他心烦意乱，而一当话题转入诗歌，他的情绪忽然变得舒朗，声色飞扬。他说："写诗是一种既幸福也很痛苦的过程。幸福，在于不分时间、地点，把所想、所梦、所感以诗的方式表达出来，让自己痴迷、流连、遂愿而满足；痛苦，在于她每时每刻地进入你的血液和骨髓，折磨着你的白天和夜晚。"有这样的幸福诱惑着他，有这样的痛苦折腾着他，他的生活状态就不同于常人，他的白天和黑夜就不会平静。尤其是在夜里，整个世界都酣然睡去了，独有这位沉湎于思考和幻想的诗人，或在倚窗深思，或在梦境徜徉——他的思绪飞扬，他的神经活跃，他的大脑一刻都没有休眠。诗，便如天籁袅袅而来，进入诗人的脑幕和梦境。难道不是吗？请看这首《多少次梦里》："多少次梦里/我挥舞长长的皮鞭/哀伤的土地/遍地落英""多少次梦里/我手举沉沉的地锤/古老的岁月/碎影传空"。再看这首《女儿》："昨夜的梦中/我的巴掌，一遍又一遍/落在你的光臀上/我想，能否让你/这次，真正的清醒"。这分明是沉沉夜色里诗人心灵的独白、漫流的思绪啊，却又是那样清新而隽永、浪漫而理性。

诗人显然对一首叫《白玉》的诗有所偏爱，所以写在了诗集的封面上："是那样的纯净/是那样的润美/让我的目光/分享你的璀璨和亮丽/每天都会惊喜""玉在我心中/守住我的心/我在你玉里/此生不留尘"。你可以理解为这是对晶莹无瑕的白玉的赞美，也可以理解为对美好的向往，或心志的表白，总之他的诗歌的主体风格是朴实无华的，表达关于人类、生命、灵魂的思考。几乎所有的诗都像这首《白玉》一样，他的诗歌语言是很口语化的，通俗而直白，却能够直达人心。

同许多酷爱文学的业余作者一样，贾国江对诗的追求纯属发自内心热爱，他并没有接受过有关诗歌知识的系统培训。其实这样也好，他的诗就少了所谓"诗歌理论"的羁绊，反而有一种信马由缰的舒畅和出自天然的空灵。组诗《从春而过》发表于美国华文刊物《华夏时报》，总共5节，仅引第3、第4两节："古磨坊在记忆里消失/黑木桶长出了白灵芝/童年，仿佛一本书/充满幻想和瑰丽/也许，我为春天而生/又为春翻开书页""我不会把你写进诗里/你不是我诗的元素/也不是我生命里的一杯酒/你我相遇，萍水相逢/紫燕唧唧，穿巷而过/阳光明媚，春香花醉"。诗离不开意象，古磨坊、黑木桶、白灵芝等，如此之多的物象聚合在一起，犹如春风中摇曳的繁花与野草，蓬勃而葳蕤。读者对诗的意象的理解可能会有多元，但诗人朝气勃勃的愉悦乐观情绪是所有人能感觉到的——春天就是这样给人以美好、和暖和希望。

贾国江在《思绪》的自序中写道："我的诗九成是夜晚写的，八成是梦境。因为是梦境，自然奇特，不知者以为我的诗想象丰富，但实际像失恋般折磨人。"可以想见，无数月光朗照或黑暗如漆的夜晚，诗人有时会披衣而起，瞩望浩渺无际的夜空，聆听大地和天宇的声音，纷纭的思绪流云般飘然而来；有时会缠绵于梦境，奇幻的意象纷至沓来，时而跃上云雾萦回的冈峦，时而跌入潺潺有声的幽谷。故土的眷恋、亲人的思念、亲情的纠葛、情爱的缠绵以及生活的迷惘、生命的思考、灵魂的拷问，挥之不去。或许，诗人会发出快意的朗笑，畅情的舒啸，更多时候，是滚落的清泪、轻声的啜泣。久之，脑海里浮现一页页诗稿，翩翩飞落，收集起来，就成为《思绪》里"碎影无痕""破季而出""故土不眠""大地之声"几个篇章。

从《思绪》诗集文本来欣赏，四个篇章各有侧重点。"碎影无痕"写爱情，写亲情，写过往的物事。他怀念的伊人踏歌而来的那个地方，是心灵中永恒的地方，也是心灵栖息的地方。"破季而出"写留给诗人印象深刻的岁月，许多是对节日的抒写。诗人把珍贵的岁月藏进诗里，缅怀着刻上欢乐或悲伤印痕的过往，情真而意浓。"故土不眠"是一组含泪的诗，是最引起我共鸣的篇章。诗人饱含无尽思念的泪滴，打湿了黄昏，打湿了长夜，湿透了"母亲经营一生的老宅"，湿透了父亲的那杆土枪、母亲的那只竹篮。诗人在那首《走失》里梦见，父亲走失了，母亲走失了，这是何等深重的悲凉啊！"大地之声"则轻松明快多了，描摹充满诗情画意，感情热烈奔放。但这些诗篇又不同于一般的记游诗，想必受到朦胧诗的影响，因此有朦胧之美；想必受到古典诗词的影响，因此许多诗文辞优美，富有韵律感。

张慧，籍贯甘肃定西，1962年10月生，笔名三郎。甘肃省杂文学会理事、甘肃省作家协会会员。曾担任中学语文教师十二年，电视新闻记者十年，从事高校教育工作十七年，现供职甘肃中医药大学定西校区。省内外刊物发表小说、散文、杂文作品近百万字，多篇作品在国家、省级散文、杂文评奖中获得一、二等奖，是甘肃省有一定影响的散文、杂文作家。出版散文集《思想贴着地面走》和专著《定西城隍志》《古城阅千年》《走进甘肃系列丛书之定西篇》，编撰《定西市非遗乡土教材》《定西民间故事》《定西民间歌谣》等。

后　记

2019 年是我出书较丰的一年：主编出版了 5 本书，即 4 本教材论著，1 本诗集。前 4 本是大家的成果，好多活是大伙儿干的，只有"前言"或"序"字斟句酌多些。第 5 本《不眠的思绪》是我的第二部诗集，与第一部《流动的梦影》一样，便是拥有百分之百的"产权"了。

第一部诗集出版后，赠送售卖，诵读吟歌，不久重印，产生了一定反响。其间，有人言："再出一本散文集。"确实也有过一些冲动。但写诗，愈加痴迷，两年时光，不知不觉，又是数百首，《不眠的思绪》像放开的"二胎"，很快又分娩了。掩卷沉思，自己作为一个学府之人，接近退居之龄，出书约 10 本，发文数十篇，还算"基本称职"，又把自己的诗作整理出版，算是"锦上添花"了。

近日，眼睛突发小恙，总有一小团"黑影"在眼前绕来绕去，医学上俗称"飞蚊症"，问医用药一段时日，也没甚效果。这让我忽增念头，想着把以前怀念、思考、感悟方面的文字，早点动手，加快梳理，编印付梓。否则，哪天眼睛真的"瞎"了，还真有点难以"瞑目"之缺憾了。我也暗自思忖：人生如歌，第一句哭声就是歌声；人生如花，第一个微笑就是花朵；人生如雨，第一滴眼泪就是雨水。不管是在哭声还是歌声中抒发，笑语还是泪水的宣泄，或在鲜花还是荆棘里行走，阳光还是黑夜中穿越，归宿都是一样，或像一枚秋叶，或似一粒星光，最终都要飘落，化土回归。

可是，又让我不安的是，既然到过这尘世，那又该留点什么呢？于是，将自己难忘的记忆和所感所言予以整理，取名为《飘落的星光》，分为四辑。

童年趣事篇：有小时候去过的民工窑、爬过的拖拉机、烧过的土豆、卖过的杏子、唱过的小曲、玩过的小土枪等，回忆过往，感悟当下，启迪人生。

怀念追忆篇：主要是怀念父母、感恩长辈、心念尊师、难忘温暖、回忆故友等，尽管时光流逝，岁月依稀，但历历往事，或泪水湿襟，或点亮心灯，或隐隐作痛，总是那么难以割舍。

碎影拾零篇：在生活、育人与管理等不同的角色中，有着不同的体验，也有着不同的感受。或随笔而记，率性表达；或掩卷深思，偶有所悟。既如漫漫路上散落的几只脚印，又如茫茫长夜飘落的几粒星光。

添景嫁衣篇：你画个美景，我欣赏添色，你娶个玉女，我述怀捧杯，大多是为他人书稿述评作序，也抒发自己的见地感悟。

单从作品看，正如作家王戈先生"序"里所言："该书中最感人最具文学价值的是'童年趣事'和'怀念追忆'两辑，计21篇，篇篇都有厚重的历史感，浓郁的乡土气，亲切的人情味。"确如是说，那儿有我快乐而幸福的童年，有父母离世后的痛彻思念，有真实生命中体验到的亲情友情。"碎影拾零"，主要记述我生活、工作中的人与事，爱与痛，感与悟，有点像"大杂烩"，食而味淡，弃之惋惜，但作为年近花甲之人，算是给自己留点温馨的记忆。"添景嫁衣"，多为应酬之作，从师专到一中，再到师专，当了二十多年的校长，再到甘肃中医药大学当副校长，也许是头上"校长"之光环，或盛邀不好推，以情寄情；或应酬不好拒，礼而有往。

整理书稿中，很早的几篇小文《九寨沟的海子》《黄龙钙华流与五彩池》《长征路上的南碑北塔》以及《定西教院报》的"创刊寄语"等，为青春年少时期的处女之作、热血之笔，皆遗失了，不能入集，而略感遗憾。有些作品，我原本在自己的博客中插配了图片，有视觉趣味、时代印证和"图文并茂"之感，如《话说高考》《检阅》《把好事做得实实的，把实事做得好好的》等，入选时顾虑其文集的纯粹性，犹豫时日，不忍删去，却最终忍痛割爱。

自有出本散文集之向往后，深感文稿单薄，自我加压，《纱帽咀》《洮河渠》《洮砚》《"师专人"与"师专精神"》《给奶奶上寿》《王家婶》《作家王戈印象》《毛雪峰其人其画》等皆为新近之作，笔耕不辍，以"亡羊补牢"。

我是个诗歌爱好者，出两本诗集后，就被冠以"诗人"之美名。我发在集子里的诗，自媒体里的诗，就由好者、爱者、乐者去点赞、点评。他们所言，多是些赞誉之词，我自然"沾沾自喜"。"志不同，道不合"，但我觉得有些感触还真发自内心，要不怎么能写出数千字的感言、上万字的诗评呢？我要感谢他们！军贵、峻坪、张慧、山泉对我的诗评、诗品、诗感方面的文章，或璀璨，或深邃，或坦言，或含蓄，或灵光闪现，或洋洋洒洒。我把这些精美的文字，一并收入这本集子，以表达我的感激之情。其中，山泉先生的《国江诗歌品读录》一文，三个篇章，一万余字，他谦称是我诗的"忠实粉丝"，我把它作为"诗评诗品"的压轴之作。

有人曾戏言：你是学理科的，当初选错了行。我觉得，写诗，写文章，写论文，写书，其实都一样，关键在于你的爱好趣向。我的作品大多是夜间写的。夜深人静，是做梦的最好时光，也是写作的最好时光。这样的时段，万籁俱寂，不受干扰，写出的东西，是干净的、纯粹的，"梦"总是要比"想象"奇特得多。我的文字功力也很一般，错别字、错标点时而难免，好在不怕耻笑，不耻下问。我要特别感谢我的一位同事张慧，他是我心目中的大笔杆子，每篇拙文完稿后，都发给他修辞润色，把我的一些文章就润"亮"了，改"活"了。我办公室的两个文笔高手富强、贾伟，他们不辞辛苦，为本书的修订、校对给予了不少的帮助。我觉得不论是时光、学业、交友还是处世，取舍和缘分更为重要。

初稿完成后，我突然心血来潮，电邀著名作家王戈为书稿作序。他已是个耄耋老人了，电话一接通我就有点后悔，心想不该为此事而去叨扰他。几句寒暄后，他得知了我的初衷，却欣然应诺。我寄去我的书稿，不久就收到了他写的书序，即《修辞立其诚》。把我有些高抬，也有些过奖。

此，即为《飘落的星光》之后记。

2021 年 11 月 11 日

图书在版编目（CIP）数据

飘落的星光 / 贾国江著. -- 武汉 ：长江文艺出版
社，2024.1
ISBN 978-7-5702-3400-4

Ⅰ.①飘… Ⅱ.①贾… Ⅲ. ①散文集－中国－当代
Ⅳ.①I267

中国国家版本馆 CIP 数据核字（2023）第 218631 号

飘落的星光
PIAOLUO DE XINGGUANG
_____

封面题字：贾国江
责任编辑：胡 璇   责任校对：毛季慧
封面设计：源画设计   责任印制：邱 莉   王光兴
_____

出版：长江出版传媒 长江文艺出版社
地址：武汉市雄楚大街 268 号   邮编：430070
发行：长江文艺出版社
http://www.cjlap.com
印刷：武汉市籍缘印刷厂
_____

开本：700 毫米×1020 毫米   1/16   印张：16
版次：2024 年 1 月第 1 版   2024 年 1 月第 1 次印刷
字数：172 千字
_____

定价：58.00 元
_____